KB274938

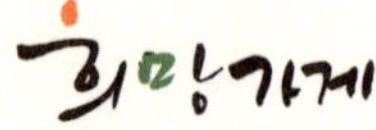

초판 1쇄 인쇄 2009년 11월 25일   초판 1쇄 발행 2009년 12월 1일

지은이 신소영   펴낸이 신민식

출판 1분사   분사장_박선영
편집장 이효선   편집 조지혜
제작 이재승 송현주

펴낸곳 (주)위즈덤하우스   출판등록 2000년 5월 23일 제13-1071호
주소 (410-380) 경기도 고양시 일산동구 장항동 846번지 센트럴프라자 6층
전화 031) 936-4000   팩스 031) 903-3891
전자우편 yedam1@wisdomhouse.co.kr   홈페이지 www.wisdomhouse.co.kr
출력 플러스안   종이 화인페이퍼   인쇄 (주)프린팅하우스   제본 서정바인텍

값 10,000원   ⓒ 신소영, 2009   ISBN 978-89-6086-224-1 03810

국립중앙도서관 출판시도서목록(CIP)

희망가게 : 희망이 당신을 기다리는 곳 / 신소영 지음. ― 고양 : 위즈덤하우스, 2009 p. ; cm	
ISBN 978-89-6086-224-1 03810 : ₩10000	
818-KDC4 895.785-DDC21	CIP2009003688

희망이 당신을 기다리는 곳

희망가게

신소영 지음

위즈덤하우스

* 신분 공개를 원치 않는 희망가게 어머니들은 업체명과 창업주의 이름에 가명을 사용했습니다.

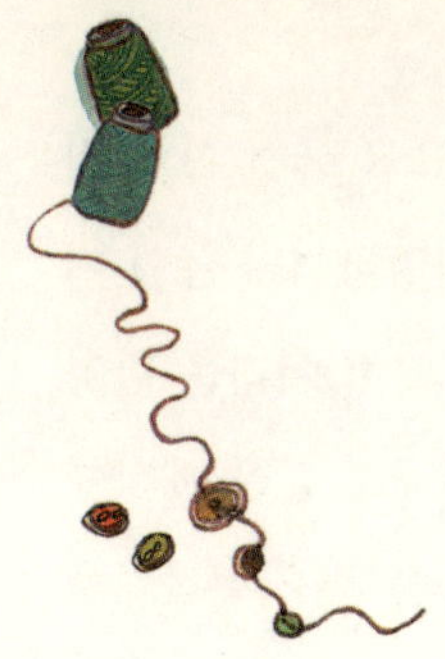

　'희망'이라는 단어처럼 밝은 빛을 가진 말이 또 있을까요? 하지만 아이러니하게도 이 단어가 정작 우리의 삶 속에서는 그 빛을 잃어버릴 때가 참 많습니다. 제가 '희망'에 대해 다시 생각해보고, 새로운 경험을 할 수 있었던 계기는 바로 희망가게 어머니들과의 만남이었습니다.

　희망가게를 운영하시는 어머니들을 한 분 한 분 만나면서 처음 느낀 것은 그분들이 캄캄한 밤, 아주 험한 산길을 자신의 몸보다 크고 무거운 짐을 지고 가는 나약한 여성 같다는 것이었습니다. 그래서 안쓰러움과 답답함에 잠을 이룰 수가 없을 정도였습니다. 하지만 시간이 지날수록 제가 어머니들에 대해 잘못 생각하고 있음을 알게 되었습니다. 제 염려와 달리 그분들은 오히려 어두운

길을 가면서도 손전등으로 조금씩 앞을 비추고 휘파람을 불며 탐험을 즐기는 듯 보였기 때문입니다.

참 이상하지요? 지나온 세월 동안 갖가지 아프고 쓰린 삶의 질곡을 겪었으면서도 어느 한 분도 다른 사람을 원망하거나 삶이 너무 불공평하다며 불평하시는 법이 없었습니다. 그저 어려운 환경에서도 잘 자라준 아이들에게 고마워하고, 망망대해 같은 세상에서 허우적거리고 있을 때 선뜻 손을 내밀어 도움을 준 사람들에게 감사하고, 작게나마 자립할 수 있는 기회를 갖게 된 것에 만족하며, 소박한 꿈을 위해 하루하루 건강한 땀을 흘리고 있었습니다. 그러면서 그분들은 오히려 감사와 희망을 이야기했습니다. 어떻게 그럴 수 있을까요?

저는 그분들이야말로 가난한 사람 같지만 실은 가장 부유하고, 아무것도 없는 것처럼 보이지만 사실은 가장 소중한 것을 가진 분들이라는 생각이 들었습니다. 스스로 희망이 되고 있는 분들인 것이지요. 그런데 이분들의 희망 이야기에는 아주 중요한 사람들이 있습니다.

아주 오래전 일제 강점기 시절, 한 어머니가 있었습니다. 그녀는 3남 3녀를 거의 혼자 키우다시피 하며 가족들의 생계를 떠안아야 했습니다. 전국 제일의 상업 도시인 개성에 자리를 잡으며 그녀가 시작한 것은 머릿기름 제조와 판매였습니다. 그녀 특유의 강한 의지와 대범한 성격으로 사업 수완을 발휘했습니다. 최고의 원료를 구입하러 부지런히 발품을 팔았고, 무거운 봇짐을 지고 열심히 돌아다니며 판로를 개척했습니다. 그렇게 노력한 결과 그녀가 만든 제품은 사람들에게 품질의 우수성을 인정받았고, 급기야 서울까지 판로가 열렸습니다.

그녀는 평소 열심히 어머니를 도왔던 둘째 아들에게 자신의 모든 제조, 판매 기술을 전수하기 시작했습니다. 어머니의 눈에 그 아들은 6남매 가운데 자신의 가업을 이을 만한 재목이었습니다. 아들은 어머니의 희망이 어머니가 만든 제품을 통해, 그리고 거래처와 고객들과 맺은 신뢰를 통해 현실이 되는 것을 보았습니다. 아들은 어머니를 돕기 위해 부지런히 일을 배웠습니다. 어머니를 따르며 개성에서 서울까지 자전거 심부름을 마다하지 않던 아들에게 어머니는 늘 "희망을 가지고 살자"고 말씀하셨습니다.

어머니의 희망에는 따뜻함이 있었습니다. 어머니는 늘 본인이 관계 맺은 사람들을 보살피고자 했습니다. 끼니때마다 누구든 찾아오면 대접하기 위해 식구들 것 외에 수북이 밥을 담아놓았습니다. 형편이 넉넉지 않아 제 식구 입에 겨우 풀칠할 때도 어머니는 누군가에게 대접할 밥 한 그릇을 잊지 않고 담아놓으셨습니다. 어머니의 넓고 깊은 마음이 그 밥 한 공기에 담겨 늘 큰 소리로 가르쳐주었지요.

"우리 배만 불러서는 안 된다. 다른 사람과 같이 배불러야지."

아들은 어머니의 희망의 정신을, 그리고 어머니의 따뜻한 마음이 담긴 밥이 주는 교훈을 꼭 기억하리라 결심했습니다.

이것은 아모레퍼시픽(구 태평양)이 탄생하기 전의 이야기입니다. 여기서 운명을 돌파하며 스스로 길을 개척한 어머니가 윤독정 여사이고, 아들은 국내 최고의 화장품 회사인 아모레퍼시픽을 창업한 서성환 회장입니다. 서성환 회장에게 어머니의 존재는 매우 각별했습니다. 그리고 그 마음은 훗날 화장품 가방을 메고 돌아다니며 가정 경제를 책임졌던 방문판매 여성들에게로 이어졌습니다. 먼 옛날, 화장품에 희망을 담아 어려운 시절을 잘 살아낸 어머니의 모습과 무척이나 닮아 있기 때문이었지요.

아모레퍼시픽은 그렇게 방문판매 여성들과 함께 성장하였고 지금은 '여성을 위한 기업'이라는 자부심 속에서 여성들을 위한 나눔을 활발히 진행하고 있습니다. 그중 하나가 바로 희망가게입니다. 저소득 모자 가정의 경제적 자립을 지원하는 희망가게는 아모레퍼시픽의 창업자인 서성환 회장의 유산을 유가족들이 2003년 6월에 아름다운재단에 기부하면서 시작되었습니다.

윤독정 여사의 희망이 현실에서 무럭무럭 자라난 것을 보아온 자손들은 어려움에 처한 여성가장들에게 그 희망을 나누고자 했습니다. 희망가게가 탄생한 스토리입니다.

현재 희망가게에는 여성가장들의 눈물과 애환, 삶에 대한 몸부림이 있지만 더 나아가 용기와 도전, 희망의 이야기가 가득합니다. 그렇다고 해서 그분들이 모두 다 성공하여 잘살고 있는 것은 아닙니다. 수많은 걱정거리와 헤쳐 나가야 할 장애물들은 그들의 삶 속에 여전히 존재하고 있는 무거운 과제들입니다. 하지만 그분들은 '산 넘어 산'인 인생을 담담히 받아들이면서, 따뜻한 희망으로 승화시키고 있습니다. 그리고 희망을 현실로 만들어가고 있습니다. 행복은 물질의 소유나 화려한 성공이 아닌 자족과 감사와 희망에 있음을 삶으로 직접 보여주고 있었습니다.

자신이 스스로 희망이 되기 위해 '과거'를 딛고, 현재라는 삶 속에서 '미래'를 건져 올리는 중인 희망가게 어머니들. 그분들의 이야기를 다 담아내진 못했지만, 소중한 마음을 나눠주신 그분들의 진심과 성실한 삶이 많은 분들에게 전해지면 좋겠습니다. 또 그분들의 삶이 이 사회에 작은 희망의 씨앗으로 뿌려져 열 배, 스무 배, 백 배 이상의 결실을 맺기를 간절히 소망합니다.

2009년 초겨울에
신소영

긍정의 스위치로
밝은 미래를 열다

"미연아, 네가 나를 잊고 살아가면 좋겠다. 네가
너무 힘들어해서 내가 떠나지 못하겠어."
어느 날, 잠결에 남편의 목소리가 들려왔다.

남편이 세상을 떠난 후 2년이라는 시간이 흘렀지만 그녀는 여전
히 세상으로 향한 문을 굳게 닫고 한 시간 거리에 있는 남편의 산
소를 거의 매일 찾아갔다. 혼자 어린 두 딸을 데리고 살아가야 하
는 막막함, 갑작스러운 남편의 죽음을 받아들여야 하는 충격과 슬
픔, 함께 있을 때 한껏 잘해주지 못한 것에 대한 후회가 범벅이 되
어 남편을 계속 붙잡고 있었다.

그날도 산소 앞에서 한참을 울다가 설핏 잠이 든 사이, 꿈인 듯
생시인 듯 남편의 목소리가 들렸다. 그 순간, 그녀는 정신이 번쩍

들었다.

'내가 죽은 사람한테 짐이 되고 있구나……'

그런 일이 있은 후 그녀는 더 이상 남편의 산소를 찾지 않았다.

찰스 디킨스의 소설 『위대한 유산』에 나오는 한 여인은 결혼식 직전 약혼자에게 버림받은 뒤로 집 안의 커튼을 모조리 내리고 시계도 다 멈추게 해놓는다. 식탁 위 결혼식 케이크에는 거미줄이 드리워지고, 여자는 웨딩드레스가 누렇게 썩을 때까지 벗지 않는다. 상처받은 가슴이 여자의 삶을 송두리째 갉아 먹었던 것이다.

하지만 그녀는 소설의 주인공과 달랐다. 더 이상 과거의 상처가 자신의 삶을 지배하지 않도록 하기 위해 주저앉았던 자리를 털고 일어서기로 결심한 것이다.

한식, 양식, 중식, 일식 요리사 자격증을 취득하고 이바지 음식 수료. 개인 사사를 받은 뒤 떡집에서 아르바이트를 하면서 일반적인 떡과 손수 만든 떡의 차이를 비교 연구. 한국방송통신대학교 가정학과 2학년 재학 중. 이는 남편의 산소 앞에서 과거를 털고 일어난 후로 이루어낸 가교이바지 김미연 씨의 프로필이다.

최악의 경험이 다시 일어서는 밑거름이 되다

서른한 살에 갑작스럽게 남편을 잃을 당시 아이들은 다섯 살과 세 살, 아빠의 죽음을 제대로 이해하지 못할 어린 나이였다. 남편의 몸이 좋지 않아 처음 병원을 찾았을 때는 의사가 심한 감기몸살에 체기까지 겹친 것이라고 했다. 왠지 그렇게 가벼운 병 같아 보이지는 않았지만 의사가 그렇게 이야기하니 별수 없었다. 그러나 그다음 날 쓰러진 남편은 병원에 실려 가던 중 숨을 거두고 말았다. 사인은 과도한 스트레스와 급성 심근경색이었다.

갑작스럽게 일어난 일이라 반쯤 정신이 나간 그때, 남편과 함께 있었던 친구가 피를 흘리면서 나타났다. 처음에는 '누구한테 맞았나 보다' 라고만 생각하고 지나갔다. 그런데 갑자기 경찰서에서 전화가 왔다. 경찰은 남편을 찾으면서 "사람이 이상하게 죽었다는 신고를 받았으니 확인을 해야겠습니다"라고 했다.

나중에 알고 보니 시댁에서 그녀와 남편 친구가 보험 보상금을 노리고 아이 아빠를 죽였다면서 신고한 것이었다. 불현듯 남편 친구가 피 흘리던 모습이 생각났다. 그런 오해 때문에 남편의 외삼촌이 그 친구를 때렸던 것이다. 결국 시댁은 남편의 부검을 요구했고, 그녀도 어쩔 수 없이 부검에 응했다. 남편이 생전에 아버지가 진 빚을 갚느라 극도의 스트레스를 받았다는 사실은 간과한 채 모든 것을 며느리 탓으로 돌리는 시댁의 처사에 기가 막힐 뿐이었다.

마음을 추스르지도 못한 그녀에게 들려오는 이야기는 참으로 가혹했다. 사인에 대한 누명을 벗기 위해 부검을 하는 것에서부터 아이를 떼어놓고 빨리 재혼하라는 이야기까지, 감당하기 힘든 일들이 남편이 세상을 떠난 지 얼마 안 되는 시간 동안 그녀에게 쏟아졌다.

"지 신랑 잡아 묵은 년 왔는데 다들 뭐 하나. 귀신은 왜 저런 년 안 잡아가노."

시댁에만 가면 혼절해 응급차에 실려 가기를 수차례. 더 이상 견딜 수 없는 상태가 된 그녀는 살던 집과 가게를 모두 정리하고 도망치듯 고향으로 갔다.

그리고 시간이 얼마나 지났을까. 어느 날 정신을 차리고 보니 집은 엉망이 되어 있었다. 방치되어 있던 아이들은 배고픔을 견디다 못해 그녀의 친구에게 전화를 걸었고, 친구가 찾아왔지만 막상 그녀는 문을 열 수 없었다. 사람이 너무 싫어서 휴대전화도 끄고 외부와의 소통을 단절한 채 2년을 살았던 터다.

그사이 그녀 자신은 물론 아이들도 모두 사는 게 사는 것이 아니었다. 우울증이 온 가족의 마음을 덮었고 그녀는 살아야겠다는 생각보다 죽고 싶다는 생각을 훨씬 더 많이 했다. 하지만 꿈속에서 남편의 목소리를 들은 후, 그녀는 수북이 쌓인 마음의 먼지를 날려버렸다. 그러고는 닥치는 대로 일하기 시작했다. 식당 설거지와 보험 판매, 그리고 길거리 체인점에서 만두를 파는 일까지. 그녀는 그렇게 힘껏 세상과 부딪쳤고, 그와 동시에 혼자 사는 여자이기 때문에 당할 수밖에 없는 불편들도 겪어냈다.

처음 식당에서 일할 때는 아이들 아빠가 외국에 있다고 이야기했다. 그런데 신분 확인 과정에서 그녀가 혼자인 걸 알게 된 식당 주인은 노골적으로 치근대기 시작했다. 또 한 번은 아이 아빠가 알고 지내던 분에게 도움을 청할 일이 있어서 아이를 데리고 만나러 갔다. 그런데 그 남자는 아이를 보는 순간 당황하더니 왜 아이를 데리고 왔느냐고 다그쳤다. 그때의 불쾌함과 모욕감은 이루 말할 수 없었다.

또 다른 시선은 친척이나 가까운 사람들이 보내는 동정의 눈빛이었다. 서른한 살이라는 꽃다운 나이에 과부가 된 그녀를 측은하게 보는 것은 이해하지만 사실 그녀가 바라는 것은 '특별한 시선이나 대우'가 아니라 그저 평범한 인격체로 봐주는 것뿐이다. 사람들 사이에서 자꾸 불쌍한 사람 취급을 하는 것은 오히려 열심히 살려는 의지를 꺾을 때가 있다. 이는 나보다 힘들게 사는 사람도 많다는 생각으로 현실에 감사하면서 열심히 살려는 마음에 찬물을 끼얹는 꼴이다. 이 세상에 상처 없는 사람이 어디 있겠는가. 그 상처가 잘 치유되면 다시 꽃향기를 피울 수 있는데 사람들은 눈앞의 상처만 보려 한다.

가장 마음이 아픈 것은 아이들에게 아빠의 빈자리가 크게 느껴질 때다. 학교에 입학하거나 졸업할 때, 두 딸이 엄마 아빠와 함께 있는 다른 아이들의 모습을 물끄러미 볼 때가 있다. 그런 모습을 보면 어찌할 수 없는 현실에 가슴이 미어진다. 이제 아빠의 부재를 받아들이지만 슬픈 것은 언제나 슬프기 때문이다.

인생을 살아가면서 힘겹게 불행을 툭툭 털고 일어나 막 걷기 시작할 때 바로 앞에 꽃길이 펼쳐져 있으면 좋으련만 다시 비바람 치는 험한 길이 나타날 때가 있다. 그녀도 살려고 아등바등했지만 일이 잘 풀리지 않았고, 원치 않는 사람들의 시선 속에서 남편, 아

버지의 부재를 받아들이는 과정은 가족 모두에게 결코 쉽지 않았다. 또다시 우울증이 도졌지만 괴로움이란 도망치면 칠수록 점점 부풀어 올라 사람을 억누르는 법이다. 그래서 그녀는 도망치는 것을 포기하고 과감하게 소용돌이 속으로 뛰어들었다. 그리고 괴로움은 언젠가 희망의 눈을 뜨게 해주는 따뜻함이 될 거라 믿으면서 날마다 최선을 다하며 기다렸다.

사실 이렇듯 꽉 막힌 상황에서 희망가게를 만나기까지의 삶은 그녀에게 있어 하루하루 견뎌내야 하는 의무일 뿐이었다. 이것저것 다 실패한 뒤에는 선택의 여지가 없었다. 다시 해보는 수밖에. 밑바닥에서는 올라가는 것이 유일한 길이고, 사방이 막힌 벽은 뚫고 지나가야 하는 것이 이치였다.

"최악의 경험이 진짜 인생을 살게 하죠. 분노와 오기, 이런 감정이 제게는 희망을 빚어내는 질료였어요. 사람들이 저를 무시할 때마다 속으로 '지금은 초라하지만 나는 꼭 성공하고 말 거야' 하고 외치곤 했어요. 그때는 오기가 저의 유일한 재산이었죠."

그녀는 다시 일어서기 위해 식당에서 아르바이트를 하며 요리를 배우기 시작했다. 남편이 세상을 떠나기 전에 함께 휴게소 식당을 운영한 것이 큰 도움이 되었다. 돌이켜 보니 '남편이 혼자 살 수 있는 기반은 마련해주었구나' 싶은 생각이 들었다. 그리고 한국방송통신대학교에도 진학했다. 그녀는 초라한 오늘을 살면서도 성공한 내일의 모습을 끊임없이 상상했다. 그러던 어느 날, 우연히 커피숍에 간 그녀는 한 보험회사의 사외보를 보게 되었다. 그

잡지에서 설계사들이 200원씩 모아 여성가장을 돕는다는 기사를 읽으며 막연히 이런 혜택을 받을 수 있다면 참 좋겠다 생각하고 지나쳤다. 그리고 얼마 뒤 희망가게 소식을 들었다. 막연하게만 바라던 일을 현실에서 만난 순간이었다.

10대 1의 높은 경쟁률이었지만 정성껏 서류를 준비했다. 희망가게 업종 중 이바지 음식은 그녀가 처음이었다. 뭔가 보여줄 수 있는 것을 가져오라고 해서 떡을 만들어 갔는데 왠지 느낌이 좋았다. 서류 준비도 힘들고 면접 볼 때도 많이 떨렸지만 '내가 가야 할 길이면 붙을 것이고, 아니면 떨어지겠지' 하고 편하게 생각했다. 그리고 얼마 후, 그토록 고대하던 합격 소식이 날아왔다. 그때는 모든 게 다 자신의 세상인 것 같았다.

그녀는 이 행운을 긍정의 결과라고 생각한다. 좋은 것을 생각하고 소망한 뒤에 이루어진 일이기 때문이다.

"모든 것은 제 선택에 달린 것 같아요. 제가 긍정의 스위치를 누르면 긍정이 켜지고, 부정의 스위치를 누르면 부정이 켜지는 거죠. 저는 저를 지키기 위해 긍정을 선택했어요."

그녀의 사업은 아직 안정 궤도에 자리 잡지 못했지만 학업도 마저 병행하고 있다. 욕심을 부려 공부를 시작한 이유는 두 가지다.

일단 그녀에게 희망가게는 지금 당장의 문제만을 해결해주는 응급약이 아니라 미래를 열어주는 처방전이기 때문이다. 컨설턴트를 통해 지속적으로 자문을 받을 수 있고 실질적인 도움도 받을 수 있으니 가게와 더불어 자신도 똑같이 성장하고 발전해야 한다는 것이 그녀의 지론인데, 그러기 위해서는 지금보다 더 실력을 갖추어야 하는 것이다.

두 번째 이유는 아이들에게 좋은 본보기를 보여주고 싶어서다. 그녀는 아이들에게 "공부가 필요 없다면 엄마가 이 나이에 다시 공부하지는 않겠지?"라고 말하며 하고 싶은 일을 하려면 해야 할 공부가 있다고 강조하지만 그보다 더 중요한 교육은 직접 보여주는 것임을 잊지 않는다.

그녀가 이렇듯 열심히 미래를 준비하는 이유는 혼자가 된 이후에 부딪힌 사회의 벽이 너무 높았기 때문이다. 그녀 역시 어렸을 때는 부족함 없이 자랐고 결혼한 뒤에도 남편과 함께 잘 지냈다. 하지만 남편이 세상을 떠난 뒤 사회에 홀로 내던져졌을 때 혼자 힘으로 할 수 있는 일은 아주 적었다. 자립을 원했지만 그만큼 필요한 능력이 제대로 갖춰지지 않았음을 뼈저리게 느꼈다. 별다른 기술이 없고, 저학력일수록 취업의 기회가 절대적으로 부족하기 때문에 빈곤 상황에서 벗어나기 어려운 구조적 한계에 부딪힐 수밖에 없다는 현실을 깨달은 것이다.

이 세상에 어느 여자가 자신이 과부가 될 수 있다는 것을, 기초생활 수급자로 살게 될 것을, 한부모 여성가장으로 살 수도 있음을 예상하겠는가. 하지만 그녀는 이제 예상치 못한 미래에 대비하기 위해서는 철저한 준비가 필요함을 절감했기에, 일과 공부에 대한 고삐를 늦추지 않는다.

인생을 운동 경기로 봤을 때 승리를 100퍼센트 확신하고 경기

에 참가하는 사람이 얼마나 되겠는가. 큰 점수 차로 뒤지고 있을 때 역전시킬 가망이 있어서 뛰는 사람이 얼마나 되겠는가. 하지만 그럼에도 계속 뛴다는 선택은 자신을 살릴 수 있다. 그렇게 계속 뜀으로써 결국 목표한 바를 이룬 사람들의 이야기가 세상에 가득하다는 사실이 그것을 입증한다.

그녀도 마찬가지다. 지금의 준비가 잘될 거라는 보장은 없다. 지금의 이 길이 100퍼센트의 승률을 확신한다고 말할 수도 없다. 그렇지만 그녀의 선택은 밝은 미래를 열고 그녀 자신을 살릴 것이라 믿는다.

편견으로부터 나를 지켜준 긍정의 마음

그녀는 꼭 만나고 싶은 사람이 '서진규 박사'라고 했다. 굴곡 많은 인생이 닮은 것도 그렇지만 도저히 희망의 근거가 보이지 않을 때 어떻게 그런 삶을 살 수 있었는지 궁금해서다. 서진규 박사를 직접 만난 적은 없지만 서 박사의 이야기는 힘들 때마다 큰 힘이 되어주었다.

서진규 박사는 가난한 엿장수의 딸로 태어나 가발 공장 여공, 골프장의 식당 종업원을 거쳐 미국으로 건너가 식모살이를 했다. 결혼 뒤 남편의 심한 폭력을 피해 미 육군에 자원입대한 뒤 하버드대학교에 입학했고, 지난해에는 석사 과정에 등록한 후 12년 만에 하버드대학교에서 박사 학위를 받았다. 논문 작성을 위해 500여 권의 책을 읽었지만 까다로운 하버드대학교의 지도 교수들은 서 박사의 논문을 열 번이나 퇴짜 놓았다. 너무 무리한 탓에 28년 전에 앓았던 C형 간염이 재발했고 급기야 간암 수준의 위험 판정까지 받았다. 하지만 생사의 갈림길에 섰을 때, 서 박사는 공부를 택했고 결국 논문은 통과되었다.

이 일에 대해 서 박사는 이렇게 말했다.

"의사가 경고했지만 나는 죽지도 않고 졸업도 했지요. 어쩌면 신이 내 인생에 드라마를 하나 더 얹어 극적으로 만들어주신 것 같아요. 그만큼 희망을 더 확실히 입증할 수 있으니 말이죠."

서진규 박사가 악착같이 '박사 학위'를 딴 데에는 여러 가지 의미가 있다. 박사가 되는 것은 어린 날의 꿈이었고, 미국으로 건너가 온갖 설움을 견디며 31년 동안 공부한 것에 대한 결실이었으며, 미국 국무장관이 되고자 하는 그녀의 새로운 꿈을 이루는 데 한층 가까이 다가가게 해주었다.

서 박사의 이야기는 공부를 다시 시작한 김미연 씨의 어깨를 두드려주었다. 그녀 역시 남편과 사별한 후 어렵사리 학업을 선택했기 때문이다.

그녀의 꿈은 착실히 공부를 마친 뒤에 이바지 학원 원장, 요리 학원 강사가 되는 것이다. 좀 더 떳떳한 엄마가 되고, 자립하여 한 분야의 전문가가 되는 것. 그래서 지난 삶을 '성공'으로 멋지게 보상해주고 싶은 것이 꿈이다.

솔직히 경제적인 부분만 본다면 현재의 상황이 국민 기초생활 수급자로 살 때보다 더 힘들다. 아직 가교이바지가 안정적인 수익 구조로 운영되는 것은 아니기 때문이다. 하지만 초심을 잃지 않고 지금처럼 꾸준히 한다면 1~2년 후에는 자립할 수 있다는 희망을 항상 품고 있다.

"예전에는 힘들 때마다 '죽고 싶다'는 생각이 들었는데 지금은 '빨리 일어나고 싶다'는 생각을 해요. 똑같이 어려운 상황인데 옛날과 달라진 것은 '생각'이죠. 생각은 정말 종이 한 장 차이인데 많은 것을 바꾸는 힘이 있는 것 같아요."

그녀에게 자립은 그 무엇보다 절박한 숙제였다. 언제까지나 남의 도움만을 바라보며 살 수는 없기 때문에 자립을 통해 한없이 무너진 자존감을 세우는 것이 가장 시급하고 중요했다. 더구나 그렇게 사는 것은 커가는 아이들의 마음을 꺾는 일이라는 생각이 들자 더 이상 지체할 수가 없었다. 아이들이 믿을 수 있는 든든한 울타리 같은 엄마가 되기 위해서 힘들더라도 도전을 선택한 것이다. 그리고 그녀는 이 선택을 후회하지 않는다. 비록 정부의 경제적인 지원은 끊겼어도 자신과 아이들이 더 소중한 것을 얻었기 때문이다.

작은아이는 아빠를 잃은 슬픔에 소아우울증을 앓고 있었다. 아빠와의 갑작스러운 이별로 충격을 받은 데다 당시 엄마가 제대로 돌봐주지 못해 정서적으로 불안정한 것이 그 이유였다. 그녀가 자신을 추스르지 못할 때였으니 아이를 제대로 돌봐주지 못할 수밖에 없었다. 다행히 가게를 연 뒤에는 그녀가 안정을 찾으면서 아이들까지 자연스럽게 회복되어가는 중이다.

특히 그녀의 떡 만드는 솜씨는 아이들의 기를 살려주는 데에도 한몫한다. 형편상 학교에 자주 찾아가지 못하지만 한 번 갈 때마다 떡 케이크를 만들어 가는데, 선생님과 친구들의 반응이 매우 열광적이다. 친구들이 "너희 엄마 뭐 하셔?" 하고 물을 때마다 아이들의 어깨는 한껏 으쓱해진다. 당당하게 "우리 전통 음식 만드는 가게 사장님이야"라고 말하는 아이의 기가 한 뼘씩 자란다. 아빠가 없다는 사실에 주눅 들었던 어깨가 쫙 펴지는 순간이다.

얼마 전 우연히 2단 떡 케이크를 주문받아 배달했는데, 나중에 보니 그 케이크를 주문한 사람이 딸 친구의 어머니였다. 두 사람 모두 나중에 안 사실이지만 다행히 딸이 와서 "엄마, 그 친구 엄마가 떡이 안 달고 아주 맛있다고 했어요"라고 전하는 이야기를 듣고 참 행복했다. 손님들의 칭찬과 격려는 늘 힘이 되지만, 특별히 아이의 친구 어머니에게 좋은 평가를 들으니 보람이 더 컸다. 게다가 그 일로 아이 또한 자부심을 느끼는 것을 보니 더욱 뿌듯했다.

이렇게 아이들이 엄마를 자랑스러워하고 동시에 스스로에 대해서도 당당해지는 것은 무엇과도 바꿀 수 없는 재산이다. 그런 게 뭐 그리 중요하냐고 말하는 사람들도 있겠지만 하루아침에 나락으로 떨어져보지 않은 사람은 모른다. 마음이 세워져야 자신에게도, 타인에게도 좀 더 당당해진다는 사실을 말이다.

그녀가 던진 희망의 메시지는 짧지만 강렬했다.

"무슨 일이든 '과연 될까?' 하고 의심하면 안 됩니다. 어떤 일에

도전하기 전에는 항상 세 가지를 생각해야 하죠. 지금 나에게 꼭 필요한 것은 무엇인가? 내가 가지고 있는 것은 무엇인가? 그러면 나는 무엇을 준비해야 하는가? 이 물음에 답하고 나를 알면 꿈의 절반은 이룬 것입니다."

그녀의 꿈은 지금도 진행형이다. 나이가 많건 적건, 경제력이 있건 없건, 그런 것은 중요하지 않다. 세상에서 가장 나쁜 것은 희망 없이 사는 것이다. 더구나 그녀의 삶은 아이들에게, 그리고 그녀를 지켜보는 사람들에게 희망이지 않은가.

자연에는 봄, 여름, 가을, 겨울 이렇게 사계절이 있다. 봄은 만물이 소생하는 '생生'의 계절이요, 여름은 성장을 재촉하는 '성成'의 계절이며, 가을은 거두어들이는 '수收'의 계절, 그리고 겨울은 저장하는 '장藏'의 계절이다.

그런데 우리나라 한의학에서는 일 년을 사계절이 아닌 오계절로 나눈다고 한다. 여름과 가을 사이에 '장하長夏'의 계절을 따로 구별하는데 이는 만물의 속이 익어가는 '화化'의 계절이다. 봄에 생명이 움튼 열매가 여름 내내 마음껏 자라다가 장하의 계절이 되면 속으로 익어간다. 열매의 크기는 그대로지만 질적으로 변화하는 것이다. 이 시기에 이르기 전에 딴 열매를 가리켜 '풋열매'라 부른다. '장하'의 계절 없이는 완전한 열매를 맺을 수 없는 것이다.

장하. 그대로인 것 같고 겉으로 보이는 변화가 없는 시기, 그래서 자칫 시간 낭비라고 생각할 수도 있는 시기. 하지만 이 계절 없이는 열매가 열매일 수 없는, 크기는 그대로지만 질적으로 변화하는, 우리 모두에게 필요한 자가 숙성의 계절이 바로 장하의 계절인 것이다. 지금 장하의 계절을 지나고 있는 가교이바지도, 김미연 씨도 곧 튼실한 열매를 맺을 날이 올 것이라 믿는다.

그녀는 유난히 뜨거운 여름을 보내고 있었다. 방과 후 수업으로 들어간 '요리 강좌'에 신메뉴 개발까지.

너무 힘들어서인지 살이 10킬로그램이나 빠졌다고 했다. 그래도 몸을 바쁘게 움직이니까 스트레스도 덜 받고 살도 빠져 1석 2조라며 씩씩하게 웃는 모습을 보니 안심이 되었다. 또 작은아이의 우울증도 이제 다 나아서 더 이상 약물치료를 받지 않아도 된다는 기쁜 소식도 전해주었다.

"내일은 쌀 30킬로그램 분량의 영양떡을 주문받았어요. 약속 시간 맞추려면 새벽 3시부터 작업해야 해요."

하루 24시간을 촘촘히 사용하고 있는 그녀는 지금도 자신을 숙성시키고 있는 중인 것 같다.

가장 소중한 자산은
바로 열정이에요

조선일보의 강인선 기자는 『힐러리처럼 일하고 콘디처럼 승리하라』에서 강한 여자에 대해 똑떨어지는 정의를 내렸다.

"'강한 여자' 라는 것은 거칠거나 사납다는 의미가 아니라 '자기다움' 을 유지한다는 의미다. 자기 자신을 잃지 않으면서 세상에서 들이대는 각종 잣대에서 유능하다는 평가를 받는 것이야말로 가장 어렵고 고독하고 긴 싸움에서 승리한 결과다. 인생은 저지르는 자의 것이다."

이 정의에 근거해서 볼 때 드림피아의 이윤정 씨는 참 강한 여자다. 초등학교 졸업장이 전부인 학력에도, 여자라는 편견에도, 혹독한 시련에도 도전하기를 멈추지 않고 기필코 실력을 인정받으며 자신이 뜻한 것을 이루어가고 있기 때문이다. 까맣고 단단해 보이지만 그렇다고 해서 억세지는 않은 당당함의 소유자, 강한 여자 이윤정.

그녀가 하는 일은 재활용 사업 중에서도 특수 금속을 수집, 재판매하는 것이다. 쉽게 설명하자면 고물상인 셈이다. 이제 직업의 성벽이 무너졌다고는 하지만 아직 특수 금속 고물상이라는 일은 어쩐지 낯설다. 그런데 여자 혼자 하기에는 힘들어 보이는 그 일을 그녀는 손수 지게차까지 운전하면서 거뜬히 해낸다. 중간 상인 없이 직접 일본이나 중국 업체를 상대로 거래를 하기 때문에 마진율이 높아 좋다고 하면서 말이다.

몸집은 작지만 배포가 큰 그녀에게 이 세상에 못할 일이란 없다. 아이 셋을 데리고 무작정 집을 나왔을 때 그녀가 가진 것이라고는 11년 된 봉고차 한 대와 현금 2만 원, 빚 2억 원이 전부였다.

끝이 보이지 않는 절망과 슬픔

이혼하기 전, 노점에서 옷 장사를 할 때였다. 노점상 단속을 나온다는 소식이 들리자마자 사람들은 서둘러 짐을 싸기 시작했다. 하지만 그녀는 그대로 장사를 접을 수가 없었다. 하루 장사를 공치면 아이들을 먹일 수가 없기 때문에 어떻게든 버틸 수 있는 방법을 생각해보았다. 일단 옷은 다 거둬들이고 행거만 놓아둔 상태에서 단속반이 들이닥쳤다. 옷이 없으면 그냥 갈 줄 알았는데 사람들은 행거를 가져가버렸다. 기를 꺾어버릴 의도였겠지만 그녀의 오기도 만만치 않았다. 비닐을 사서 깔고 그 위에 옷을 펼쳐놓았다. 그러자 사람들은 '땡 처리' 하는 것으로 알았는지 구름처럼 모여들어 옷을 사갔다. '네가 이기나 내가 이기나 한번 해보자' 하는 마음으로 버티고 있는데, 군郡에서 중책을 맡고 있는 분이 찾아왔다.

"행거까지 뺏긴 마당에 이렇게까지 하는 이유가 뭡니까?"

그녀는 옳다구나 싶어 거침없이 대답했다.

"아이는 어리고, 가게 할 돈은 없고, 어떻게 하겠어요! 이렇게라도 해야 먹고 사니까 그렇죠."

절대로 죄송하다고 하지 않았다. 그런 그녀의 기세에 눌렸는지 그분은 담담한 어조로 한마디만 던졌다.

"다음부터는 나오지 마세요."

"그건 저도 장담할 수가 없어요."

그녀의 대꾸에 군 관계자는 그녀를 힐끔 보더니 돌아갔다. 그러고는 다음 날 그녀가 장사하는 곳으로 다시 왔다. 또 뺏어가려고 왔나 싶어서 불안해하는데 그분은 트럭 뒤쪽에서 어제 가져간 행거들을 내리며 말했다.

"오늘은 얼마나 팔았어요?"

그 말을 듣는 순간, 안심이 되었다.

"아직 가게 낼 돈은 못 벌었어요."

"열심히 잘 팔아요. 다음에 또 봅시다."

　그 후로 그분과는 인사를 나누는 사이가 되었다.

　그녀는 노점상으로 잔뼈가 굵었다. 어릴 때부터 일복은 타고났지만 결혼한 뒤로도 만만치 않아서 해보지 않은 장사가 없다. 호프집, 양품점, 비디오 가게 등을 하면서 돈도 많이 벌었고, 알로에, 화분, 양말을 거리에 펴놓고 팔기도 했다. 그렇게 아등바등 사는 동안 남편은 노름과 여자로 세월을 보냈다. 남편 없는 셈치고 열심히 일한 덕에 돈도 제법 벌고 그사이 둘째아이도 태어났다. 그러나 남편의 도박은 걷잡을 수 없는 상태였다. 아무리 애원해도 남편은 돌아오지 않았고 그녀에 대한 폭력만 더 심해질 뿐이었다.

　모아둔 돈을 남편이 도박으로 날리고 그녀가 만삭의 몸으로 길거리에서 옷 장사를 할 때, 남편은 옷 가게에서 옷을 사 다방 종업원에게 갖다주기까지 했다. 몇 천만 원이나 되는 노름빚을 갚으라며 사람들이 노점으로 찾아오기도 했고, 남편은 돈을 안 준다는 이유로 그녀를 산으로 끌고 가 옷에 휘발유를 뿌려 불을 지르려고도 했다. 그게 스물세 살 때의 일이었다. 그래도 아빠 없는 아이는 만들고 싶지 않아서 참고 살았다. 시어머니에 시숙, 시누이와 아이 셋까지 모두 여덟 식구를 먹여 살리는 건 온전히 그녀의 몫이었다. '아파서 병원에 있는 사람보다는 낫지, 몇 천만 원 뜯기면 1억 뜯긴 사람보다는 낫지' 하며 스스로를 위로하면서 미련하게, 그렇게 살았다.

　그 인내에 종지부를 찍은 것은 첫아이가 초등학교 1학년이던 겨울이었다. 당시 남편이 친정 엄마의 이름으로 카드를 만들어 큰 빚을 진 것을 알고는 카드를 다 뺏었더니, 남편은 살기등등한 얼굴로 신발을 신은 채 집에 들어와서는 카드를 내놓으라며 행패를 부렸다. 그녀가 완강히 버티자 신발을 신은 채로 마구 짓밟기 시작했다. 그 순간, 이렇게 살 수는 없다고 결심했다. 그래서 그길로 바로 아이들을 데리고 나왔다. 지금 생각해도 그것이 세상에 태어나서 가장 잘한 일 같다.

급히 집을 나온 그녀는 남편의 눈을 피해 살 수 있는 곳을 찾아보았지만 아무리 수첩을 뒤적거려도 아이 셋을 데리고 마음 편히 신세를 질 만한 곳은 없었다. 그때 우연히 자신과 같은 처지의 여성을 도와주는 곳을 알게 되어 쉼터를 소개받아 입소했다. 한겨울, 세상 밖으로 내몰린 그때 편하게 먹고 잘 수 있는 공간이 있다는 것만으로도 얼마나 감사했는지……. 그때 쉼터에 계신 분들의 따뜻한 배려는 평생 잊지 못할 고마움으로 남았다.

하지만 그 따뜻함과 안락함도 잠시, 남편의 추적 때문에 그곳에서의 생활도 여의치 않았다. 여섯 살짜리 막내에게 운동화를 사주기 위해 통장에서 3만 원을 인출한 거래 때문에 남편에게 위치를 추적당한 것이다. 찾아온 남편을 피해 뒷문으로 도망쳐서 다른 쉼터로 갔지만 한 번 겪고 나니 그런 상태로는 정상적인 생활이 불가능하다는 판단이 섰다. 자칫 잘못했다가는 남편이 아이들이 다니는 학교로 찾아갈 수도 있기 때문에 학교도 마음 놓고 보낼 수가 없었다. 더 이상 쉼터도 안전하지 못했고, 아이들을 돌보려면 어떻게든 일을 해야만 했다. 일단 아는 분을 통해 돈을 빌려서 겨우겨우 보증금 200만 원에 월세 15만 원짜리 집을 구했다. 그러고는 남편의 추적을 피하기 위해 가명을 사용하며 도피 생활을 시작했다.

다행히 대기업 전자회사에 들어가 쉬는 날도 없이 주간, 야간, 잔업까지 하면서 170만 원 정도의 월급을 받았다. 그렇게 처음 월급이 찍힌 통장을 보는데 기분이 참 묘했다. 남편과 같이 살 때는 하루에 100만 원을 벌어도 남편에게 다 빼앗겨 아이들 급식비 한 번 제때 내본 적이 없었다. 그런데 이제 버는 돈이 다 내 것이 된다니! 그 사실이 마냥 신기할 뿐이었다.

그리고 돈이 생기면 꼭 하려고 벼르던 두 가지를 했다. 가장 먼저 첫 월급에서 70만 원만 남기고 아이들을 데리고 치과에 갔다. 아이들의 이가 다 썩어가는데도 돈이 없어 치료해주지 못한 것이 가장 미안하고 가슴 아팠기 때문이다. 그다음 월급날에는 또 70만 원만 남겨놓고 아이들과 강원도 여행을 다녀왔다. 여행을 하면서 아이들에게 엄마, 아빠가 헤어지게 된 사정을 이야기하며 어른들의 잘못과 혼란스러운 상황 때문에 아이들이 상처받지 않도록 위로해주었다.

그 후 쉼터 상담소의 도움으로 국선 변호사를 지정받아 서류를 접수한 지 5일 만에 이혼 문제가 해결되었다. 1~2년이 걸릴지도 모르는 일이라는 예상을 뒤엎고 빨리 자유가 찾아온 것이다. 그러나 자유에는 혹독한 대가가 필요했다. 이혼하면서 막내딸을 남편에게 맡기고 나올 수밖에 없었던 것이다. 남편이 이혼하는 조건으로 막내딸을 요구했기 때문에 어쩔 수가 없었다. 그가 딸을 고집한 이유는 단 하나, 막내딸이 그녀와의 마지막 끈이라고 생각해서였다. 그 아이를 데리고 있으면 그녀와의 인연이 끊어지지는 않을 거라는 계산이었다. 그 속내를 안 뒤에 치를 떨었지만 뾰족한 대안은 없었다. 어린 막내딸을 떼어놓고 나올 수밖에 없었던 상황, 그 후 날마다 피눈물을 흘린 애절한 마음을 언젠가는 아이도 알게 될 거라고 믿는 것 이외에는.

그나마 다행인 것은 지금은 초등학생이 된 막내딸과 통화를 하며 서로의 안부를 전할 수 있다는 사실이다. 얼마 전에는 아이가 피아노를 배우고 싶다 해서 삼촌이 보내주는 것으로 하고 학원에 보내 가르치고 있다. 학교 선생님에게 전화해서 아이의 상태에 대해 상담받기도 한다. 전화 통화조차 할 수 없던 때에 비하면 정말 다행이지만 아이의 목소리를 들을 때마다 느껴지는 고통은 그리움만큼 배가 되어 늘 마음을 찢어놓는다.

어쩔 수 없이 이산가족이 되어 만날 수 없는 안타까움과 슬픔은 첫째와 둘째 딸에게도 예외일 수 없다. 막내만 아빠에게 두고, 자기들만 엄마와 사는 것에 대한 일종의 죄책감 때문에, 또 막내를 생각하는 엄마의 마음이 어떠한지 잘 알기에 두 딸은 늘 막내의 자리만큼 남겨두고 행복해한다.

강인하게만 보이던 그녀도 막내딸 이야기 앞에서는 한없이 약한 엄마가 되었다. 첫째와 둘째도 딱 스무 살까지만 지원해주고 그다음에는 알아서 살게 할 거라며 다부지게 이야기하던 바위 같은 모습도 막내딸의 존재 앞에서는 유리로 변해 있었다. 그래도 그녀는 슬픔 속에 주저앉지 않고 희망을 이야기했다.

"어디선가 봤는데요, 희망은 내일을 그저 바라보는 것만이 아니래요. 내일을 위해서 오늘 씨앗을 뿌리는 것이야말로 진정한 희망이라는 거죠."

그래서 그녀는 나중에 부끄럽지 않은 엄마가 되기 위해 많은 일들을 해나가기 시작했다.

열정은 아무도 따라 할 수 없는 재능

"부장님, 저도 회의에 참석할 수 있게 해주세요."

새로 들어간 재활용 회사에서 그녀의 당돌한 발언에 부장은 흠칫 놀라는 눈치였다. 그도 그럴 것이 사장 아래의 사무직 직원들이 모두 명문대 출신으로 뛰어난 실력을 갖춘 인재들이었기 때문이다. 게다가 회의는 영어로 진행하니 더욱 뜨악할 수밖에 없었다. 그러나 그녀의 끈질기고 간곡한 부탁에 부장님은 마지못해 참석을 허락했다.

드디어 회의 시간. 영어가 대부분인 데다 전문 용어까지 섞이니 꼭 다른 나라에 와 있는 것 같았지만 그녀는 기죽지 말자고 스스로를 격려했다. 그리고 가지고 들어간 녹음기의 버튼을 눌렀다. 녹음한 회의 내용은 집에 가서 다시 들으며 사전을 찾아가면서 하나씩

해석했다. 그렇게 회의 내용을 파악한 뒤에는 건의까지 했다.

"뭘 알기나 하고 그런 건의를 하는 겁니까?"

말단 여직원이 건의하자 다들 콧방귀를 뀌었고, 어떤 사람은 여자가 뭘 아느냐는 식으로 대놓고 무안을 주기도 했다. 그럴 때마다 그녀는 심호흡하며 마음을 다졌다. 더 뻔뻔해지자고, 아무리 밟아도 절대 기 죽지 않는다고.

열정은 언제나 사람을 감동시키기 마련이다. 그녀의 열정과 가능성을 알아본 한 상사가 처음으로 그녀에게 어떤 역할을 맡겼고, 그 업무를 당차게 해내며 성과가 눈에 보이자 그녀는 또 다른 제안을 했다.

"저도 지게차 운전을 하게 해주세요."

이번에는 부장의 눈이 더 커졌다. 처음에는 그 의견도 무시 당했지만 계속 건의한 결과 결국 휴일에 지게차 운전을 연습할 수 있었다. 물론 그 전에 그녀는 건설기계조종 면허를 따놓은 상태였다.

그런 근성 덕분에 그녀는 재활용 회사에 근무할 때 신분상의 제약에도 불구하고 과장이라는 자리까지 올라 대학 나온 남자들을 지도, 감독했다. 또 스스로 끊임없이 배우고 탐구하는 당찬 태도는 짧은 학력, 한부모 여성가장 세대, 사회적 편견 등을 극복하는 촉매제가 되었다. 그로 인해 11톤 트럭을 운전하고 건설기계조종사 면허증까지 취득할 수 있었기 때문이다.

그녀는 그 즈음 또 다른 일을 벌이기 시작했다. 교통사고가 나서 잠시 회사를 쉬었는데, 아무리 회사를 위해 헌신해도 회사가 알아주는 데에는 한계가 있고, 마진이나 수익 등을 따져보니 자기 사업을 하는 것이 더 낫겠다는 생각이 점점 확고해진 것이다.

그런 인생의 갈림길에 있을 때 다행히 아름다운재단의 희망가게에 대한 정보를 들었다. 당시 그녀는 대출을 통한 독립은 꿈도 꿀 수 없었기 때문에 아름다운세상 기금은 말 그대로 하늘에서 뚝 떨어진 선물처럼 느껴졌다.

드림피아는 아름다운재단에서 지원받은 지게차와 컨테이너, 그리고 1톤 트럭으로 출발했다. 그리고 특수 금속 수집을 시작했는

데 재활용 회사에서 근무하는 동안 차근차근 잘 준비해온 덕분에 비교적 일찍 손익분기점을 넘어섰다. 수집양이 많아야 가격을 높게 받을 수 있고 경쟁력을 확보할 수 있기 때문에 가장 중요한 것은 영업이었다. 그녀는 또 발군의 실력을 발휘했다.

"안 되니까 앞으로는 오지 마세요."

초창기에 영업할 때 그녀가 가장 많이 들은 말이다. 천안에 있는 한 업체는 아예 명함도 받지 않았다. 하지만 3박 4일을 문 앞에서 기다리고, 밤 11시에 퇴근하는 사람을 붙들고 이야기한 끝에

결국 2년 계약을 따냈다. 처음에는 다들 '무슨 저런 여자가 다 있나' 하는 시선으로 보지만 겪다보면 그녀를, 그녀의 일처리를 믿고 맡긴다.

"처음에는 여자라며 못미더워 하더니 지금은 여자라서 일처리가 더 깔끔해 믿을 수 있다고 하세요. 참 아이러니하다고 생각했는데 저를 겪은 뒤에 긍정적으로 바뀐 거니까 뿌듯해요."

최근에는 규모가 꽤 큰 업체와 거래를 시작했는데, 그 업체에서 그녀와 거래하기로 결정한 가장 큰 이유는 바로 그녀의 손 때문이었다. 쇳물이 들어서 까맣고 거칠어진 손을 보고 그녀가 얼마나 성실하게 사는 사람인지 느꼈던 것이다.

그녀의 명함에는 희망가게 로고가 그려져 있다. 사실 희망가게를 내세운다는 것은 '나는 혼자 아이를 키우는 여성가장'이라고 광고하는 격일 수도 있다. 또 대출을 받아 사업을 한다고 하면 '돈 없는 사람'이라고 소문을 내는 것과 마찬가지다. 그렇게 생각하면 창피한 일일 수도 있지만 그녀는 발상을 전환했다. 아름다운재단의 투명한 이미지를 영업에 활용함으로써 사업의 신뢰도를 높이고 스스로 막중한 책임감을 부여한 것이다. 그래서 일부러 명함에 아름다운재단 로고까지 넣어서 '아름다운재단 지정 업체'라고 하자 큰 효과가 있었다. 사람들도 그녀의 명함을 보고 난 뒤에 더 좋은 이미지를 갖고 거래를 해주었다. 단지 돈만 지원받는 것이 아니라 이미지까지 지원받아 그것을 적극적으로 영업에 활용한 셈이다.

물론 그녀도 처음부터 잘했을 리는 없다. 차마 입이 떨어지지 않아 그냥 돌아온 적도 있고, 무시당하고 울었던 적도 많다. 하지만 이걸 못 하면 아무것도 못 한다고 되뇌며 한 번 가서 안 되면 또 가고 안 되면 그다음 날 또 찾아갔다. 그리고 무작정 가지 않고 상대방의 특징을 파악한 뒤 그 사람이 좋아할 만한 인사말을 준비해서 갔다. 일도 마음과 연결되어 있어서 그러다보면 문이 열릴 거라 믿었기 때문이다. 그렇게 한 업체 한 업체 거래처를 뚫다보니 어느새 자신감이 생겼다.

비굴해지거나 위축될 수 있는 상황에서 떳떳이 자신을 지킬 줄 아는 것은 대단한 용기다. 기적이란 내가 이루어놓은 어떤 것이 아니다. 다시 시작할 용기, 새로 시도할 용기를 내는 것, 그것이 바로 진정한 기적이다.

"최근에는 홍보 팸플릿도 만들었어요. 회사 소개서를 만들어 당당하게 이런 업체에서 왔다고 내밀기도 했고요. 그러다보니까 대기업에서도 연락이 오더라고요. 공구 박람회 같은 행사가 있으면 명함을 가득 챙겨 가서 홍보를 하는데, 그러면 사람들에게 전화가 와요. 그렇게 계속 새로운 사람을 만나고 밝게 살아가는 이야기를 하면 즐거워지죠."

아픈 과거를 딛고 일어선 그녀가 갖고 있는 힘은 누군가를 원망할 수 있는 상황에서 그 누구에게도 화살을 돌리지 않았다는 점이다. 물론 전남편이 죽도록 미웠던 적도 있지만, 지금은 안쓰럽다는 생각이 들어 그 사람도 꼭 좋은 사람을 만나 행복하면 좋겠다는 마음까지 든다고 한다. 그녀가 그럴 수 있는 이유는 삶의 여정 가운데 만난 수많은 따뜻한 손길 때문이다.

특히 그녀가 은인이라고 생각하는 사람은 지금 함께 일하고 있는 대진 리사이클링 사장님이다. 재활용 회사에서 일할 때 그녀의 가능성을 발견하고 기회를 많이 주신 고마운 분이다. 감사하게도 희망가게를 시작할 때 그분이 소유한 땅의 일부를 임대해줘서 그곳에 컨테이너를 놓고 사무실로 사용하고 있다.

인생이라는 긴 여행에서 만난 고마운 인연들, 그들이 없었다면 더욱 휘청거렸을 인생이기에 그녀는 이제 자신이 받은 만큼 다른 사람을 돕고 싶은 꿈을 키워간다. 재활용 사업을 하면서 그녀의 꿈은 더 확실해졌다. 폐교를 임대해서 그녀처럼 혼자 아이를 키우는 엄마들이 마음 편히 생활할 수 있는 공간을 마련하는 것이다. 학교 운동장을 작업장으로 만들어서 엄마들이 능력껏 일하고 벌어갈 수 있도록 하는 것, 그 속에서 서로 의지하면서 살아가는 것이 그녀의 꿈이다.

"한 사람과 하는 사랑이 아니라 여러 사람과 사랑하며 살고 싶어요. 등 가려운 이야기, 발뒤꿈치에 혹이 난 이야기같이 소소한 것들을 이야기하며 웃으면서 살고 싶은 마음은 예나 지금이나 변함이 없어요."

그녀는 지금도 소소한 행복을 즐긴다. 15만 원짜리 지하 월세방에서 나와 이사를 간 곳은 햇볕이 잘 드는 4층이다. 따뜻한 햇살이 너무 좋아 베란다 옆 창가에 이불을 깔고 누우면 이 세상에서

부러울 것이 없다. 지금도 쉬고 싶을 때는 베란다 옆쪽에 누워서 잠을 잔다. 따뜻한 햇살이 그토록 좋은 이유는 그녀가 너무나 추운 계절을 지나왔기 때문이리라.

예전에 호주에 사는 한 친구가 서울에 잠깐 나왔다가 호주에서 개나리꽃을 피워보고 싶은 마음에 개나리 가지를 꺾어간 적이 있다. 친구는 먼 이국땅에서 고향의 꽃을 보며 향수를 달랠 꿈에 부풀어서 떠났다. 그리고 얼마 뒤 다른 일로 친구와 통화를 하다가 꺾어간 개나리 가지가 생각나서 물어보았더니 이렇게 대답했다.

"개나리가 따뜻한 봄에 피는 꽃이니까 호주에서도 잘 자랄 줄 알았는데 전혀 아니더라고. 알아보니까 겨울이 없어서 그렇대."

생각해보니 열대지방의 식물을 제외하고는 거의 모든 식물이 겨울을 지나야 꽃이 핀다는 사실이 기억났다. 이것을 바로 '춘화현상'이라 하는데, 우리의 삶도 이런 현상을 겪을 때가 있다. 사실 눈부신 인생의 꽃들은 대부분 삶의 춘화 현상을 거침으로써 얻어진다. 그녀의 봄이 유난히 따뜻하고 아름다운 이유는 춘화 현상을 그 누구보다 몸으로, 삶으로 겪어냈기 때문일 것이다.

사업장에서 그녀의 카리스마는 남달랐다. 예상보다 훨씬 큰 규모의 사업장을 진두지휘하는 모습도 그렇거니와, 지게차를 직접 운전하는 모습도 상상보다 훨씬 멋있었다. 지게차를 운전할 때 구두를 신고 있기에 손님을 맞으려고 일부러 격식을 갖추었나 싶어서 편한 신발을 신으시라고 권하니 이렇게 말씀하셨다.

"저 원래 이래요. 일하다가 영업하고, 영업하다 일하고 그러거든요. 이게 평소 제 모습이에요."

하지만 집에서의 그녀는 또 다른 모습이었다. 집이 지저분하다며 엄살을 떨었지만 그녀가 좋아한다는 아담한 베란다는 정말 따뜻한 햇살을 포근히 안고 있었다. 마치 순간 이동을 한 것처럼 순식간에 내온 매실차와 앵두를 먹으며 필리핀에 어학연수를 간 큰딸 이야기, 그림을 잘 그리는 둘째딸 이야기, 동네 이야기 등 소소한 이야기를 나누었다.

사장이 아닌 주부 이윤정의 모습은 매우 소박하고 부드러웠다. 발랄한 청바지에 굽 높은 구두를 신은 그녀의 모습이 겹쳐 보였다. 편안한 차림의 주부와 사업장에서의 프로페셔널한 면모. 그 두 모습 사이에서 균형을 잡고 있는 그녀는 진정 위대한 여성이자 어머니였다.

머리와 마음을 어루만져
변화를 꿈꾸다

한 남자가 사막을 건너고 있었다. 뜨거운 태양 아래에서 가도 가도 끝이 보이지 않는 모래 언덕을 걸어가려니 저절로 불평이 쏟아졌다. 그러다 오아시스를 발견한 그는 잠시 쉬며 목을 축일 수 있었다. 그때 남자의 눈에 이제 막 어른의 키만큼 자란 어린 야자수가 보였다. 남자는 괜한 심통이 나서 돌을 하나 주워 야자수 꼭대기에 올려놓았다. 그러고는 오아시스에 감사하는 마음도 없이 그곳을 떠났다.

어린 야자수는 돌을 내려놓기 위해 허리를 굽혀도 보고, 몸을 앞뒤로 흔들어도 봤지만 결국 돌을 내려놓을 수는 없었다. 그래서 어린 야자수는 머리 위에 돌을 이고도 잘 버티기 위해 땅속 깊숙이 뿌리를 내렸다. 야자수의 뿌리는 땅속을 흐르는 시원한 물을 힘껏 빨아들이고, 잎은 햇빛을 향해 쭉 뻗었다. 그렇게 야자수는 무거운 돌의 무게를 이기기 위해 점점 몸집을 키웠고, 마침내 왕과 같은 위엄을 갖춘 튼튼한 나무로 자랐다.

몇 년 뒤 그 남자가 다시 오아시스를 찾아왔다. 그는 자신이 돌을 올려놓은 야자수가 얼마나 이상한 모양으로 자랐는지 보고 싶었다. 그런데 그는 이상한 모양의 야자수를 찾을 수가 없었다. 대신 아주 크고 아름다운 야자수 한 그루가 그에게 몸을 숙였다. 남자는 그 나무의 꼭대기에 놓인 돌을 보고 깜짝 놀랐다. 야자수가 말했다.

"당신은 정말 좋은 사람이에요. 저는 당신이 다시 오면 꼭 감사의 말을 전하고 싶었어요. 당신이 제 머리 위에 올려놓은 돌이 저를 정말로 강하게 만들어주었거든요."

이 이야기 속의 야자수처럼 자신에게 놓인 무거운 짐들을 다 이겨내고 튼튼하고 아름다운 나무가 된 여인이 있다. 새로운 변화를 원하는 사람들의 마음을 풀어주고 다독이는 곳, 편안한 분위기에서 사소한 일상이나 쓸데없는 잡담을 늘어놓을 만한 수다의 장을 마련해주는, 쉬어갈 수 있는 나무 그늘 같은 미용실의 주인, 김숙희 씨다.

그녀의 가게는 작고 아담한 규모에 막 청소를 끝낸 것마냥 깔끔한 내부를 자랑한다. 그곳을 찾는 이들을 위해 늘 준비해놓는 떡과 음료수가 보는 이를 푸근하게 만드는 가게, 바로 '모던헤어'다.

고객 한 사람 한 사람에게 자신이 특별하다는 느낌을 주고, 마치 사람의 마음을 읽는 것 같은 배려가 감지되는 공간. 그 안에서 한 결같이 상냥한 모습으로 손님들을 대하는 그녀를 보며 문득 생각했다. 그녀는 어쩌면 사람들의 머리뿐만 아니라 그를 통해 마음을 어루만져주는 것이 아닐까.

갑자기 난파한 삶, 그리고 이별

그녀는 우연한 기회에 미용일을 시작했다. 남편이 지방 근무 발령을 받아 아이들과 함께 친정 근처에서 살았을 때 미용실을 하고 있던 사촌언니의 권유를 받아서였다. 간간이 매장에 들를 때 옆에서 잔심부름을 해준 것이 전부였는데 언니는 그녀에게서 헤어디자이너로서의 자질을 발견한 모양이었다. 마침 아이만 키우면서 살기보다는 '내 일'을 가지고 의미 있게 살고 싶다는 생각을 하던 차에 잘 되었다 싶어 그녀는 시부모님께 아이 둘을 맡기고 일을 배우기 시작했다. 그리고 주말마다 온 식구가 시댁에서 모이는 주말 가족으로 2년을 보냈다.

남들은 일하다가도 아이를 키운다는 이유로 그만두는 때에 오히려 아이들을 맡기고 일을 시작했다는 것은 어쩌면 무의식중에 일에 대한 강한 필요성을 느꼈기 때문일지도 모른다. 실제로 그때는 잘 몰랐지만 시간이 지나면서 그때의 선택이 선견지명이 있는 것이었음을 깨달았다.

그런대로 별 탈 없이 지내다가 문제가 생긴 것은 남편이 도박에 손을 대면서부터였다. 도박 때문에 피해가 막심한 것까지는 참았지만 친정 식구들에게까지 피해가 가자 더 이상은 견딜 수가 없었다. 수백, 수천 번 고민한 끝에 결국 그녀는 작은아이가 6학년이 되던 해에 집에서 나왔다. 아무리 기회를 줘도 더 이상 변할 가능성이 전혀 보이지 않는 남편을 보며 절망하면서도 쉽게 결단을 내리지 못했던 것은 경제적인 이유로 아이들을 데리고 나올 수 없었기 때문이었다.

재산이라고는 달랑 낡은 차 한 대였다. 그나마 다행인 것은 헤어디자이너로 일한다는 사실이었다. 그때 그녀는 뼈저리게 깨달았다. 어린 아이 둘을 시댁에 맡기고 그토록 악착같이 미용일을 배우지 않았더라면 어떻게 되었을까. 생각만 해도 몸서리가 쳐졌다.

집을 나온 후, 면목이 없어 친정에도 갈 수 없던 그녀는 찜질방을 전전했다. 6개월 동안 낮에는 미용실에서 일하고 밤에는 찜질방에서 생활하거나 사람들이 다 퇴근한 미용실에 가서 잠을 청하기도 했다. 불안정하고 비참한 생활 속에서 그나마 위안이 되는 것은 일주일에 한 번 아이들을 만나는 시간이었다. 사실 혼자 살만한 원룸을 구할 수도 있었지만 그녀 앞으로 되어 있는 빚을 갚으면서 월세까지 내면 도저히 돈을 모을 수가 없었다. 아이들을 생각하면 어떻게 해서든 돈을 모으는 것이 가장 급하고 절실하던 때라 다른 방법이 없었다.

아이들이 엄마 없이 고생하는 것을 보면 앞뒤 생각하지 않고 바로 데려오고 싶었지만 같이 살 방 한 칸 없으면서 무작정 데려와 고생시킬 수도 없는 노릇이었다. 그녀는 아이들을 데려올 수 있는 여건부터 빨리 만들자는 각오를 다지며 걱정과 눈물을 삼켰다.

하지만 시간이 지날수록 들리는 소식은 불안하기 짝이 없었다. 아이들의 학교 선생님과 전화 통화를 할 때마다 아이들의 지각 횟수가 잦아지고 도시락도 싸오지 않는다는 등 심란한 소식 투성이었다. 알고 보니 시어머니는 한 달 만에 아이들 도시락 싸는 일을 포기했고, 아이들 아빠는 아예 신경조차 쓰지 않는 상태였다. 어른들의 보호와 관심 밖으로 밀려나 방치된 아이들은 당연히 엄마를 그리워할 수밖에 없었다.

"아빠, 저희 엄마에게 보내주세요."

엄마 없이 아빠와 살얼음판 같은 동거 생활을 하며 한 학기를 보낸 후, 당시 고등학교에 다니던 큰아들이 드디어 폭탄선언을 했다.

"저는 괜찮지만 창호는 이런 상태로 나가다가는 삐뚤어질 것 같아요. 엄마의 손길이 필요한 나이잖아요. 제가 아무리 말해도 안 되고, 아빠나 할머니도 하실 수 없으니까 그냥 저희를 엄마에게 보내주세요."

아이들에 대한 애정이 별로 없던 남편은 그길로 전화를 해 아이들을 데리고 가라고 했다. 함께 지낼 공간조차 없었지만 일단 원룸이라도 얻어 아이들을 데리고 오는 게 우선이다 싶었다. 그렇게 함께 지내는 생활, 세 사람이 살기에는 비좁은 방이었지만 그래도 마음만은 천국이 따로 없었다.

그때 그녀는 '가장 좋은 것'보다 '충분히 좋은 것'을 받아들이면 선택의 과정은 단순해지고 결정에도 만족할 수 있다는 사실을 깨달았다. 아이들을 데려올 최적의 환경을 모두 갖추는 것보다 중요한 것은 아이들과 함께 사는 것이었다.

그런데 그런 상황에서도 남편은 이혼을 해주지 않았다. 그러다 보니 여성가장들이 보장받을 수 있는 혜택을 하나도 받을 수가 없어 그녀가 계속 이혼을 요구하자 남편의 행패가 더욱 심해졌다. 아이들에 대한 최소한의 책임감도 못 느끼고, 처가 식구들에 대한 양심의 가책마저 마비된 남편은 '이혼 거부'가 마지막 자존심이라고 생각했는지 끝까지 그녀를 괴롭혔다.

이런 상태로 대치하다가는 서로 살 수가 없을 것 같아 그녀는 자신과 같은 처지의 여성들이 도움을 받을 수 있는 기관에 연락해 이혼 절차를 밟기 시작했다. 합의 이혼이 아닐 경우 엄청난 양의 증빙서류가 필요했지만 다행히 친정 아버지의 도움으로 깨끗하게 해결되었다. 아버지가 그동안 사위가 벌인 일들에 대한 세세한 기록과 서류들을 완벽하게 준비해놓으셨던 것이다. 사실 딸에 대한 애정이 각별한 아버지는 이혼까지는 원하지 않는 입장이었다. 하지만 계속되는 딸의 불행을 지켜보다가 더 이상은 가만히 있을 수 없다고 판단하여 만약의 사태를 대비해놓으셨고, 덕분에 그녀는 이혼을 통해 남편으로부터 벗어날 수 있었다.

마음에서 기적이 시작되다

인생에는 공짜가 없다. 어렵게 자유를 찾은 것까지는 좋았지만 현실적인 어려움은 어쩔 수 없이 그녀가 감당해야 하는 몫이었다. 특히 큰아들이 대학에 입학한 뒤에는 더욱 궁색해질 수밖에 없었다. 아이들에게 용돈을 준다는 것은 아예 생각하지도 못했고, 그녀는 차비가 없어 걸어서 출퇴근을 해야 할 정도였다. 보다 못한 큰아들은 군대에 자원입대를 했다. 삶이 너무 버겁기만 하던 시간이었다.

그녀의 명의로 진 빚을 갚으라는 전남편의 압박, 빚 때문에 동생한테까지 차압이 들어가는 면목 없는 상황, 아이들에 대한 미안함……. 모든 것이 복합적으로 그녀의 목을 점점 조여왔다. 가장 마음에 걸리는 것은 작은아이였다. 많이 소심해지고 우울증 증세까지 보였기 때문이다. 엄마가 필요한 시기에 제대로 옆에 있어주지도 못했는데 여전히 부족하고 바쁜 엄마로 살 수밖에 없는 현실이 원망스러웠다.

뭔가 돌파구가 필요하다고 생각하던 그때, 기적처럼 희망가게를 만났다. '희망가게라면 조금이라도 숨통을 트이게 해주지 않을까' 하는 실낱같은 희망을 갖고 지원하여, 세 번의 낙방과 재도전 끝에 성공했다.

희망가게로 선정된 순간, 가장 먼저 아이들의 얼굴이 떠올랐다. 그동안 아이들의 담임선생님을 자주 찾아뵙지도 못하고, 아이들도 엄마를 만나고 싶어도 올 수가 없었는데, 학교 행사에도 전혀 참가할 수 없었는데, 아이가 아파도 등지고 나올 수밖에 없었는데……. 이젠 조금 더 엄마 노릇을 할 수 있을 거라는 생각에 뛸 듯이 기뻤다.

지금도 가게를 오픈하던 날을 잊을 수가 없다. 늘 표정이 어두웠던 작은아이는 가게에 들어서는 순간 얼굴이 환해지면서 못 믿겠다는 듯이 말했다.

"엄마, 이거 진짜 우리 가게예요?"

아이는 그동안 고생만 한 엄마가 열심히 살아온 것에 대한 보상으로 좋은 일이 생겼다며 감격했다. 그 사실 하나만으로도 아이에게는 큰 격려와 위로가 되었다.

큰아이도 말년 휴가를 나와 가게에 들어서더니 감격에 입을 다물지 못했다. 큰아이가 군대에 있을 때 희망가게 이야기를 한 적이 있는데, 신청서를 냈다고 하자 펄쩍 뛰면서 반대했었다. 세상에 그런 곳이 어디 있느냐며 사기니까 절대 하지 말라고 결사적으로 말렸었다. 어느 눈먼 사람이 그런 조건으로 대출을 해주겠느냐는 것이었다. 아름다운재단의 취지를 아무리 설명해줘도 완강하게 반대하던 큰아이는 휴가를 나와서 제 눈으로 직접 확인하고는 그제야 환한 얼굴로 좋아했다.

그렇게 가게를 열고 보니 미처 생각하지 못한 일들이 일어났다. 가장 많이 바뀐 것은 바로 아이들의 성격이다. 특히 작은아이는 성격이 긍정적으로 변하면서 무기력증에서 벗어나기 시작했다. 어느 날 작은아이가 내게 한 말은 결코 잊을 수가 없다.

"엄마, 저는 우리가 이렇게까지 일어설 줄은 몰랐어요. 우리는 항상 힘들게만 살 줄 알았는데 엄마가 이렇게 일을 하니까 정말 자신감이 생겨요."

그 뒤로 작은아이는 주유소에서 아르바이트를 시작했다. 돈이 없어서 일을 할 때는 자존심이 상하고 자기 모습이 초라해 보였는

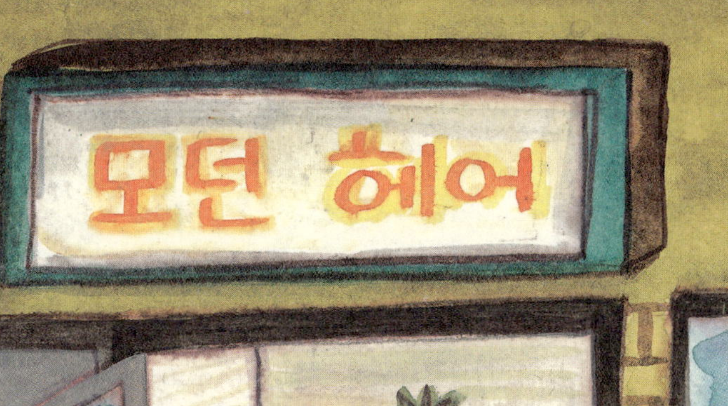

모던 헤어
모던헤어
OPEN

데, 엄마가 가게를 운영하니 이제 궂은일을 해도 떳떳하다고 한다. 또 가만히 있는 것보다는 할 일을 찾아서 하다보면 뭔가 이룰 수 있다는 것을 배우고 있는 중이라고 한다.

정말 생각지도 못한 놀라운 변화였다. 아이가 이 정도로 좋아지리라고는 예상조차 못했다. 작은아이는 점점 과거의 어두움을 걷고 밝고 긍정적으로 변해가면서 일상의 사소한 일에도 열정을 갖게 되었다.

삶은 아주 작은 일들로 이루어져 있다. 그리고 그 작은 일들에 기뻐할 수 있다면 삶 전체가 기쁨이고 축복이 된다. 우리는 삶 속에서 어떤 큰 일, 위대한 일을 기다린다. 그러나 위대한 일들은 갑자기 닥쳐오는 것이 아니다. 일상의 작은 일들에 대한 기쁨과 성실이 쌓이고 쌓여 어느 순간 '위대한 일'로 폭발한다. 일상의 조약돌이 모여 어느 순간 다이아몬드가 되는 것이다. 그런 의미에서 아이는 지금 다이아몬드가 되어가는 과정일 것이다.

희망가게를 열고 시간이 흐르면서 더 큰 기적이 일어났다. 정서적으로 안정을 찾은 작은아이가 자신감을 가지면서 다른 사람들을 돌아보는 마음까지 갖게 된 것이다. 당시 일이 잘 되려고 했는지 주택공사에 신청한 무료 전세 임대에도 당첨되어 방이 세 개 있는 집으로 이사할 수 있었다. 전세인데도 도배, 장판, 싱크대까지 해주는 좋은 조건의 집이었다. 그다지 넓지는 않았지만 원룸에서만 살던 아이는 온 세상을 얻은 것처럼 좋아했다.

그리고 친구들을 집으로 데려오기 시작했다. 그런데 데리고 오는 친구들이 대부분 엄마가 없거나 아빠가 없는 아이들이었다. 가끔은 미용실에도 데리고 와서 돈 받지 말고 머리를 잘라달라고 했다. 그러고는 귓속말로 "돈은 받지 말고 바닥만 쓸라고 하세요" 하며 친구의 자존심까지 배려해준다. 아이는 어느덧 다른 사람과 나눌 줄 아는 마음을 갖게 된 것이다.

이러한 상황이 되자 아이들에게 공부하라고 잔소리할 필요가 없어졌다. 노력하면 그만큼의 대가가 돌아온다는 것을 몸소 체험했기 때문이다. 그리고 엄마가 열심히 살면서 보상받는 것을 눈으로 확인해서인지 자연스럽게 철이 들었다.

그녀도 많이 변했다. 여태까지 많은 어려움이 있었지만 친정에 손 한번 벌리지 않고 없으면 없는 대로 살자는 생각으로 꿋꿋이 견뎌왔다. 그 덕분에 예전에는 참 여리고 뭘 하나를 받으면 아꼈다가 다 뺏기고, 뺏기고 나서도 말하지 못하는 성격이었는데 지금은 강철 인간이 되었다. 어디에 가도 기죽지 않고 당당하게 사는 법을 익힌 것이다. 그렇다고 해서 고개를 빳빳이 들고 산다는 의미는 아니다. 그녀는 누구보다 손님들에게는 부드러운 사람이다.

예전에 쓸데없는 자존심을 부리다가 진짜 자존심 상하는 일을 겪은 적이 있다. 큰 미용실에서 직원으로 일할 때 며칠 동안 그녀가 일하는 것을 지켜본 원장에게서 비수와 같은 한마디를 들은 것이다.

"다른 건 다 잘 하네요. 하지만 기술을 익히기보다는 먼저 인간이 되세요. 겸손하지 않고는 이 일을 할 수 없습니다."

처음 그 말을 들었을 때는 너무 자존심이 상해서 분하기까지 했는데 나중에 곰곰이 생각해보니 공연한 피해의식 때문에 쓸데없는 자존심을 부렸다는 생각이 들었다. 무시당할까 봐 지나치게 당당하게 행동한 탓이었다. 상처가 많은 사람일수록 자기 방어 기제가 많은 법이다. 그녀도 자기 보호를 위해 자존심이라는 방패를 굳게 세워놓았다는 사실을 깨달았다.

"무엇보다 미용일은 마음과 긴밀하게 관련되어 있다는 사실을 망각하고 내 자존심만 생각했던 거죠. 그걸 알았을 때 얼마나 창피했는지 몰라요. 그 다음부터는 겸손한 자존심을 갖기 위해 노력했어요. 강해지되 독해지지는 않는 것. 겸손하되 당당한 것. 내면을 그렇게 가꾸기로 한 거죠."

변화를 꿈꾸는 이에게 항상 열려 있는 곳

마음의 회복, 건강한 자존감의 회복. 역경 너머에서 기다리고 있던 희망이 아이들과 그녀에게 준 선물이다. 그녀는 이러한 경험을 허투루 사용하지 않기 위해 노력하고 있다. 그런 그녀의 마음이 가장 잘 드러나는 곳이 바로 미용실인데, 그녀만의 운영 노하우는 모두 마음과 연결되어 있다.

첫 번째, 그녀는 사람들에게 '항상 열려 있는 곳'이라는 인식을 심어주려고 한다. 머리를 손질하려고 미용실을 찾을 때는 감정의

해소나 변화에 대한 욕구 때문에 일부러 시간을 내어 결심을 하고 오는 경우가 대부분이다. 그런데 문 닫힌 미용실을 보는 순간, 고객들이 실망할 것을 염두에 둔 배려다. 그녀는 신용과 신뢰가 쉽게 얻어지지 않는다는 사실을 누구보다 잘 알고 있다. 그래서 그 동안 어디를 가든 지각은 물론 결근도 생각해본 적이 없다. 통곡하며 드러누워도 시원치 않을 상황에서도 이 원칙은 꼭 지켰고, 늘 웃으면서 일했다. 희망가게를 열고 나서 직원은 일주일에 하루씩 쉬게 해줘도 그녀는 2년 동안 한 번도 쉬지 않고 일하는 억척을 부렸다. 희망가게는 항상 열려 있고 '언제나 환영한다'는 마음을 표현하기 위해서였다.

두 번째는 '정情' 마케팅이다. 정겨운 떡 마케팅은 그녀의 사촌 언니에게 배운 것이다. 시골에서 미용실을 운영하던 언니는 항상 삶은 감자와 옥수수를 갖다놓고 손님들에게 대접했다. 사람들이 별것 아닌 것을 받고 좋아하는 모습을 보고 '나중에 내가 미용실을 하면 꼭 저렇게 해야지' 하고 생각하던 것을 실행한 것이다. 떡을 계속 사다놓자 손님들은 "이 미용실에 오면 항상 먹을 게 있어" 하면서 좋아했고, 손님들끼리 커피와 떡을 먹으면서 친해지는 시간도 자연스럽게 만들어졌다.

세 번째는 고객을 배려한 시간 배분이다. 보통 파마 손님은 두 시간 정도가 걸리는데, 한 시간은 손님과 이야기를 나누고 한 시간은 손님이 조용히 쉬었다 갈 수 있도록 배려한다. 고객이 대부분 주부다 보니 적당한 수다에 맞장구치는 센스가 필요하기도 하

고, 혼자 생각을 정리하거나 조용히 있을 수 있도록 편안하게 해주는 섬세함도 필요하다. 이 두 가지가 적절히 배합되었을 때, 고객들은 편안함과 만족을 느끼는 듯했다.

네 번째는 경청이다. 보통 미용실에는 기분이 우울해서 오는 손님들이 많다. 그런 손님들의 이야기에 귀 기울여주는 것은 헤어디자이너에게 가장 필요한 덕목이고, 그 손님과 나눈 이야기에 대해서 절대 비밀을 지키는 것은 기본이다. 무엇보다 상대에 대한 믿음이 중요하기 때문이다.

다섯 번째는 눈높이 서비스다. 그녀의 미용실 주변으로 경쟁업체가 많은데도 안정적으로 자리를 잡을 수 있었던 일등공신은 바로 학생들인데, 학생들을 끌게 된 비결은 바로 그들의 눈높이에서 서비스한 덕분이다. 일단 학생들이 오면 서로 머리를 감겨주라고 시켰다. 아이들은 서비스를 받는 것보다 그렇게 자유롭게 놀듯이, 장난치듯이 하라고 하는 걸 더 좋아한다는 것을 알았기 때문이다. 또 먹을 것도 알아서 찾아 먹으라고 하면 저희들끼리 먹으면서 잘 놀았다. 물론 어른들에게는 그에 맞는 서비스를 하지만 누구에게든 최대한 편하고 만족스러운 서비스는 마음의 눈높이를 맞추는 것이라는 사실을 잊지 않는다.

앞으로 하고 싶은 게 너무 많다는 모던헤어의 김숙희 씨. 그래서 그녀는 고달프거나 억울할 틈이 없다. 큰아이는 어릴 때 헤어져서 산 아픔이 있어서 그런지 빌딩 하나를 사서 같이 사는 것이 꿈이라고 한다. 그녀도 그러기를 바란다. 하지만 더 큰 꿈은 거동하지 못할 정도가 될 때까지 이 일을 하는 것이다. 또 일을 통해 봉사활동도 하고 싶어 한다. 우연히 시작한 일이지만 평생의 업으로, 그리고 다른 사람을 위하는 도구로 자신이 갖고 있는 기술을 다 소진하고 싶단다. 녹슬기보다 닳아 없어지기를 바라는 마음, 그런 꿈이 그녀의 오늘을 채우고 그녀의 가슴을 채운다.

오늘도 많은 사람이 뭔가의 기분전환을 하고 싶어서, 새로운 변화를 시도해보려고 미용실을 찾는다. 그리고 그녀는 그런 사람들의 마음까지 매만져주고 있다.

그녀와 이야기를 나누다가 이 가족은 정말 닮은꼴임을 실감했다.

작은아들은 2년 전 주유소 아르바이트를 시작한 이래 주유소 사장이 놓아주지를 않아 계속 그곳에서 일하고 있다. 큰아들은 군대에서 제대하자마자 미용실 손님이 차린 커피숍에서 '당일 면접 합격, 당일 근무'라는 쾌속 취업을 하더니 3개월 만에 정직원이 되어 1년 동안 일했다.

엄마의 성실함을 그대로 빼어 닮은 두 아들은 어디에서나 '함께 일하고 싶은 사람'이었다. 경기가 안 좋아지면서 당분간 그녀는 직원 없이 혼자 일할 계획이다. 하지만 그녀는 다시 낮은 자세로 기다리고 있다. 이 겨울이 지나면 봄이 올 거라 믿으면서.

행복한 배부름을
선물합니다

"음식 맛에 담긴 마음은 감추어지지 않아요."
"퍼주면 절대 망하지 않죠."
"음식이 자존심이에요."

마음과 나눔, 자존심이 있는 경영을 실천하는 찌개풍경은 희망가게 1호점이다. 희망가게를 통해 희망의 불씨를 처음 지핀 1호점의 주인 이화순 씨는 이러한 신념을 갖고 '남보다 10분 먼저 시작하고, 남보다 10분 늦게 마무리한다'는 마음가짐으로 한시도 가만히 있지를 않는다. 소문난 맛과 넉넉한 서비스로 사람들의 발길을 붙잡는 그곳은 바로 부대찌개 전문점이다. 직접 개발한 양념과 최고 품질의 재료가 어우러져 만들어내는 '정직한 맛'은 손님들에게 열렬한 호응을 얻고 있다.

제2의 삶을 살게 해준 가게 문을 연 후 아들이 입대하던 날을 제외하고는 하루도 가게를 비운 적이 없다. 새벽 5시에 일어나 아이들 밥을 차려놓고 나오는 시각은 6시. 그때부터 가게에서의 하루가 시작된다. 음식 재료들이 들어오면 손질해서 반찬들을 준비하고, 하루 종일 음식을 만들고 치우고 정리한다. 손님이 늦게까지 있어 마무리하고 들어가면 밤 12시다. 그렇게 하루 15시간 정도를 일하면서도 항상 즐겁다는 그녀는 "맛있다며 계속 찾아오는 단골손님도 있고, 이렇게 일할 수 있다는 것만으로도 얼마나 좋아요" 하며 환한 웃음을 짓는다.

단골이 있다는 것은 맛과 마음, 두 가지 면에서 고객을 사로잡았음을 의미한다. 그녀는 손님들이 '맛' 하나를 보고 온다고 말했지만, 그 맛도 마음이 편해야 제대로 느낄 수 있는 것이니 결국 맛과 마음이 손님들에게 통했다는 것 아닐까.

주방일은 종업원들에게 맡기기보다 그녀가 다 하면서 반찬도 일일이 손수 만든다. 그런 정성은 손님의 눈에 보이지 않지만 맛으로 느껴지기 때문에 게을리 할 수 없다는 것이 그녀의 지론이다. 보이지 않는 곳에서 정성을 다하고 진심으로 손님을 대하는 태도, 그것이 줄을 서서 먹는 이화순 표 부대찌개의 인기 비결이다.

사실 따지고 보면 그런 상식을 모르는 사람은 없다. 하지만 누구나 아는 이야기라 해도 아는 만큼 실천하기 어려운 식당 운영 노하우는 오직 경험을 통해서만 얻어지는 것이다.

모진 세파에 시달리다

이혼과 함께 손에 쥐어진 것은 2천만 원과 두 아이였다. 다급한 마음으로 어린 아이들과 함께 생활하면서 장사할 수 있는 업종과 가게를 알아보는데 IMF가 닥쳤다. 가만히 있다가는 있는 돈마저 다 까먹겠다 싶어서 남의 가게에서 일하며 차곡차곡 돈을 모았다. 그렇게 어느 정도 기반을 마련한 뒤에 분식집을 시작했는데 다행히 입소문을 타 손님들이 찾아왔고 시간이 조금 지나자 식사 때면 자리를 찾을 수 없는 '잘되는 가게'가 되어 있었다.

그런데 이쯤 되면 주변에서 가만히 놔두지 않는다. 손님이 들 때 가게를 확장해야 한다는 사람들의 감언이설에 넘어간 것이 화근이었다. 다소 무리가 되기는 했지만 건물주가 시설들을 모두 제공해준다는 말에 혹해서 계약을 하고 말았다. 그런데 얼마 뒤 건물 주인이 그 건물을 팔아버렸다는 청천벽력 같은 사실을 알게 되었다. 졸지에 가게와 재산이 모두 날아갈 판이었다.

눈 뜨고 코 베인다는 말을 실감할 만큼 호되게 당한 그때, 억울한 상황도 그렇지만 더 속상한 것은 바로 혼자 사는 여자에 대한 사람들의 태도였다. 그녀가 혼자 산다는 사실을 안 다음부터 건물 주인과 그의 아들은 태도가 돌변했다. 방귀 뀐 사람이 성낸다고 앉아서 당한 것도 억울한데 그들은 그녀가 지나가기만 해도 욕설을 퍼부었고 가게로 찾아와 행패를 부리기까지 했다. 어쩌면 피해 의식일 수도 있겠지만 자신이 만약 남편이 있는 사람이면 그렇게까지 함부로 대했을까 하는 의문이 들었다.

결국 소송을 걸어서 승소하긴 했지만 그 과정에 생긴 상처와 피해는 어디 하소연할 곳도 없었다. 마음은 마음대로 파헤쳐지고, 장사는 장사대로 못 했기 때문에 모든 게 폐허가 된 것 같았다. 긴 법정 싸움에 너무 지치고 돈도 바닥난 그녀는 손해배상청구소송은 아예 포기했다. 새 건물 주인과 얽힌 문제 때문에 보증금조차 받을 수가 없어서 결국 무일푼으로 나왔고 빚은 1억 원에 육박했다. 이는 그녀의 능력과 한계를 벗어난 범위였다. 두 아이와 머리 두고 누울 곳조차 없을 정도로 도무지 손을 쓸 수 없는 상황이 되어버린 것이다. 그래서 할 수 없이 찾아간 곳이 모자원이었다.

"엄마, 나 아빠한테 보내는 거 아니지?"

생각지 못한 아들의 그 한 마디에 그녀는 화들짝 놀랐다. 만신창이가 된 삶이 너무 힘들어서 아이들을 아빠에게 보내고 죽어버리고 싶다는 생각을 하던 찰나였기 때문이다. 그 말을 듣는 순간 그녀는 물벼락을 맞은 것처럼 정신이 번쩍 들어 '아이 아빠에게는 절대 보내지 않아!' 하고 스스로에게 다짐하듯 말했다.

"어디에서든 우리는 엄마하고만 같이 살면 돼요."

모자원에 들어가기로 한 날, 두 아이가 그녀를 위로하듯 해준 말이다. 갑작스럽게 집도 절도 없는 신세가 되어 시설에 기거해야 하는 상황이 되자 아이들에게 가장 미안했는데, 다행히 중학교 2학년, 초등학교 2학년인 아이들은 엄마가 몹시 힘든 상황에 처했다는 사실을 이해하고, 잘 받아들여주었다.

불편하지만 서로를 배려하며 모자원에서 지낸 3년이라는 기간
은 가족들이 똘똘 뭉치고, 자립의 기반을 다시 세우는 소중한 시간
이었다. 특히 아이들의 양보와 희생은 눈물겨울 정도였다. 모자원
에 살 때는 친구들을 집으로 데려올 수가 없는 데다, 딸아이의 학
교가 가까이에 있어서 혹여 친구들한테 알려져 무시당할까 봐 마
음을 졸이기도 했다. 한창 사춘기 때라 그렇게 사는 형편이 창피할
수도 있는데 다행히 아이들은 환경에 매이지 않고 잘 적응했다.

중학교 때 농구선수였던 아들은 가정 형편상 농구를 그만두고
공업고등학교에 진학했다. 그리고 지금은 내년에 대학에 들어가

는 여동생을 위해 군대에 운전병으로 지원해 1년 연장 근무를 신청했다. 좋아하는 운동도 못 하고, 고등학교도 공고에 진학하고, 군대도 1년 더 복무해야 하는 아들을 생각하면 늘 미안하다. 그리고 부족한 엄마 밑에서 아이들이 그렇게 서로 위하는 법을 배우며 건강하게 자라준 것이 한없이 고맙다.

몹시 힘들게 고생한 시간들이 그녀에게도 심신의 안정을 찾고 변화할 수 있는 계기가 되어주었다. 예전에는 남에게 싫은 소리를 하는 것도, 듣는 것도 피하는 성격이었다. 주인에게 충고를 들으면 바로 기분 나빠 할 정도로 자존심도 강했다. 하지만 이제 그녀는 그런 자신에 대해 "한 마디로 주제 파악을 못 했었죠" 하고 거침없이 말한다.

"전에는 왜 그렇게 주인 행세를 하려고 했는지 모르겠어요. 오히려 지금은 제가 주인인데도 손님들이 저를 종업원으로 봐요. 또 하나 배운 것은 요즘 같은 경쟁시대에는 무슨 일을 하든지 만능이 되어야 한다는 점이에요. 이것저것 다 할 줄 알아야 성공하겠더라고요."

예전에 그녀는 이른바 뒤통수를 맞았다. 산다는 건, 어쩌면 그렇게 예측 불가능한 일의 연속일지 모른다. 인생은 결코 예고하는 법이 없어서 어쩔 수 없이 당하게 되는 일이 있다. 예고 없이 당하는 배신과 불행 앞에서도 '그럴 수 있지' 하고 초연할 수 있으려면 대체 어느 정도의 나이와 인격을 갖춰야 할까? 어쨌든 그런 인격을 갖추기까지 뒤통수를 맞는 일은 그저 억울할 수밖에 없다.

하지만 아픈 경험은 그녀에게 자양분이 되었다. 그녀는 한때 자신의 실패에 회의를 품은 적도 있지만 지금은 아니다. 만약 실패를 모르는 사람이라면 실패한 사람의 울분을 어떻게 알 수 있으며, 그로 인한 겸손을 어떻게 배울 수 있었겠는가. 그래서 그녀는 스스로에게 이야기한다. 아픈 기억도 필요하다고. 그래야 나를 낮추고 남의 아픔을 어루만질 수 있다고 말이다.

다시 손 잡아준 희망

납작 엎드려서 보낸 시간 동안 그녀는 차곡차곡 돈을 모아서, 모자원을 나올 때쯤 희망가게와 연결이 되었다. 온 가족이 치른 대가가 너무 컸기에 희망가게는 그녀에게 죽기 아니면 살기로 매달릴 수밖에 없는 절체절명의 기회였다. 처음에는 예전에 해본 장사 경험을 토대로 사업 계획서를 냈더니 소득을 너무 낮게 잡았다는 이유로 떨어졌다. 그래서 두 번째 신청할 때는 조금 더 자세히 조사한 뒤 손익분기점을 다시 잡아서 서류를 제출하자 다행히 합격했다.

그녀의 상황이나 여건과 상관없이 가게를 할 수 있도록 배려해 준다는 사실이 꿈만 같았다. 신용불량 상태인 자기와 같은 처지의 사람에게 몇 천만 원을 빌려줄 곳은 이 세상에 없을 거라는 생각에 꿈조차 꾸지 못한 일이었기 때문이다. 멀쩡한 자기 돈도 억울하게 떼이고 욕까지 먹었던 그녀이기에 감회가 더욱 남다를 수밖에 없었다.

"희망가게는 이 세상에 배신당하고 상처 입은 저를 치유해주고 다시 일어설 수 있게 해준 고마운 존재예요."

그래서 그녀는 자신이 발품을 팔아서 만든 부대찌개의 레시피를 누구에게나 선뜻 공개한다. 일반적으로 자식들에게도 비법을 잘 가르쳐주지 않는 것이 음식점의 전통이라지만 그녀는 자신이 받은 만큼 환원해야 하는 것 중 하나가 바로 레시피라고 생각하기 때문이다. 이것은 보통 레시피가 아니다. 가게를 오픈하기 전 그녀는 맛있다고 소문난 전국의 부대찌개 집을 찾아다니며 맛을 연구했다. 철저한 분석을 통해 탄생한 이화순 표 부대찌개의 맛. 그녀는 이 사회에 대한 보답으로 그 맛을 기꺼이 나누려는 것이다.

확실한 레시피가 있다 하더라도 정성 어린 손맛이 없다면 최고의 맛이 나지 않는 법이다. 그녀는 일일이 손님상에 내는 김치, 부대찌개용 김치와 김치찌개용 김치에서부터 갖은 밑반찬을 손수 만든다. 어떻게 생각하면 인건비는 인건비대로 나가고 일은 일대로 다 한다는 느낌이 들기도 하지만 '우리 집에 오는 손님이 먹을 것이니 내가 해야지' 하고 빨리 생각을 고쳐먹는다.

희망가게는 그녀에게 삶의 새로운 기회를 주었을 뿐만 아니라 일의 가치와 기쁨까지 함께 주었다. 똑같은 일이지만 그 전과는 전혀 다른 마음과 태도로 한다는 것은 엄청난 변화다. 그리고 가장 중요한 것은 '만족'하고 '감사'하는 마음이다.

지난 2년 6개월 동안 부지런히 동분서주한 덕분에 생활은 차츰 안정되었다. 아직 갚아야 할 빚이 남아 있지만 지금 아이들과 함께 살 집이 있다는 것만으로도 부자가 된 듯 마음에 여유가 생긴다. 그래서 그녀는 찾아와주는 손님 한 사람 한 사람에게 특별한 감사의 마음을 갖고 있다.

처음 가게 터를 잡았을 때는 장사가 될지 걱정이었다. 입지 조건이 애매해 기대 반, 걱정 반이었다. 하지만 무엇보다 맛으로 승부하자고 결심했다. 감동을 주는 서비스, 신선한 재료, 흉내 낼 수 없는 맛, 이 세 가지를 원칙으로 삼고 가게를 열었다.

우선 그녀는 라면 사리 무한 리필이라는 넉넉한 서비스를 선택했다. 사리는 상대적으로 적은 재료값으로 손님들에게 큰 호응을 얻을 수 있는 좋은 전략 무기다. 라면 사리를 리필해주는 대신 밥을 조금 덜 푸는데 밥을 더 원하는 사람에게는 밥도 무한 리필 해준다. 그러자 예상대로 손님들의 반응은 열렬했다. 진정한 넉넉함은 사람들을 강하게 매혹시킨다. 이것은 공짜로 먹고 나면 무언가를 더 사야 할 것 같은 의무감을 느끼는 것과는 거리가 있다. 마음에서 우러나오는 것을 줄 때, 그리고 그 결과가 어떻게 되는가에 신경 쓰지 않을 때 그것은 큰 파장을 일으키며 되돌아온다는 사실을 그녀는 지난 3년여의 시간 동안 확실히 경험했다.

두 번째로 그녀는 '좋은 재료'에 목숨을 건다. 지금은 돼지고기 가격이 많이 올랐지만 그래도 찌개에 들어가는 원재료비를 줄이기 위해 저렴한 재료로 바꾸지는 않는다. 그대로 생목살을 사용하

니까 손님들도 항상 좋은 재료를 쓴다
는 것을 알고 음식을 믿는 것이다. 이
익을 생각하면 냉동육을 써야 하
지만 조금 손해 보더라도 좋은 재
료를 써서 손님들이 음식을 남기지
않고 맛있게 먹으면 거기서 자부심
을 느끼는 그녀다.

부대찌개 맛을 내는 데 가장 중요한 역
할을 하는 햄도 남대문시장에 가서 품질이 제일
좋은 것을 사온다. 재료비가 전체적으로 많이 올라서 지
난달보다 150만 원이나 더 지출했지만 그렇다고 해서 재료비를
절감할 생각은 하지 않는다.

"맛은 정직해요. 가격 때문에 재료의 품질을 낮추면 손님들이
금방 알아요. 당장의 이익 때문에 신뢰를 깨뜨리는 건 멀리 보지
못하는 거죠. 전 음식점을 하는 사람이라면 손님들의 입맛을 가장
두려워할 줄 알아야 한다고 생각해요."

그녀는 바쁜 와중에 운전면허를 따기 위해 학원을 다녔다. 배달
해서 먹던 채소들을 직접 사오기 위해서다. 손님에게 양질의 재료
로 넉넉하게 대접하기 위해 그녀가 생각해낸 최선의 대책이었다.
그렇게 없는 짬을 내서 노력한 끝에 얼마 전 드디어 운전면허를 땄
다. 아직 서툴러서 직접 시장에 나가지는 못하지만 익숙해지면 곧
그녀의 차가 상당히 바빠질 것이다. 재료비 절감보다 자신이 직접

뛰어다닐 생각을 하는 그녀는 프로다. 얕은꾀가 아닌 우직한 진심으로 승부할 것을 선택했기 때문이다. 무엇보다 쉰이 넘은 나이에 손님을 위해 '운전면허'에 도전하는 것은 프로다움을 증명한다.

그녀는 자신이 말한 대로 모든 면에서 만능이 되어가고 있다. 식당 주인에, 찬모에, 채소 배달부에……. 누구보다 활기차고 즐겁게 일할 수 있는 것은 '예상치 못한 뒤통수'를 맞기도 했지만 또 혜성처럼 나타난 '예상치 못한 도움'으로 인해 기분 좋은 변화와 성장이 있었기 때문이리라.

기쁨의 빛이 되는 두 아이

얼마 전 딸아이가 수학여행을 다녀왔는데, 밤새 친구들끼리 진실게임이라는 것을 하며 속이야기를 한 모양이었다.

"나는 다른 집 아이들은 다 평범하게 사는 줄 알았어요."

"그럼 다 특별하게 살대?"

"겉으로는 아무 문제가 없어 보여도 알고 보면 집안마다 문제나 아픔이 하나씩은 있는 것 같아요. 정말 무난하게 아무 일 없이 사는 집이 드물더라고요. 집이 굉장히 잘사는 친구가 있어서 남부러울 것 없겠다고 생각했는데, 그 친구네 부모님도 이혼하셨대요. 또 부모님이 다 계셔도 만날 싸워서 힘들어하는 친구들도 많고요. 게을러서 밥도 안 해주는 엄마도 있대요."

"그런 친구들의 이야기를 들으면서 위로받았니?"

"그렇죠. 아이들 이야기 들으면서 제가 참 많은 것을 누리고 있다는 생각이 들었어요. 엄마는 아무리 힘들어도 늘 맛있는 밥에 도시락까지 싸주시잖아요. 엄마, 정말 감사해요."

순간 그녀는 울컥했다. 이혼에, 모자원 생활에, 늘 고생시킨 엄마에게 고맙다니. 제대로 해준 것도 없는데 많은 것을 누리고 있다니. 장사하느라 항상 집을 비우는 엄마가 겨우 밥 하나 해준 것을 고마워하다니. 앞뒤가 맞지 않는 고백이지만 딸아이는 열심히 사는 엄마의 성실함에 대해 고마워하는 것임을 이미 그녀도 알고 있다.

너무 어릴 때 힘든 일을 겪어서인지 일찍부터 철이 난 두 아이는 그녀에게 가장 큰 위로이자 보상이다. 밤 12시가 다 되어 집에 들어서는 순간, 그녀는 왕비가 된다. 신데렐라는 12시가 되면 공주에서 재투성이가 되지만 그녀는 12시부터 왕비가 되는 것이다. 딸은 엄마가 집에 들어서는 순간부터 왕비 대접을 하기 위해 최선을 다한다. 집안일은 물론이고 마사지까지 정성스럽게 해준다. 손 하나 까딱하지 않고 편하게 쉴 수 있도록 기꺼이 시녀가 되어주는 딸 덕분에 그녀는 하루의 피로가 싹 씻기는 호사를 누린다. 짧지만 깊은 행복을 누리는 시간이다.

군 생활을 하는 아들을 보러 면회 가는 날은 어릴 적의 소풍날보다 더 들뜬다. 더욱 늠름해진 아들이 "조금만 기다리세요. 제대하면 제가 도와드릴게요" 하는 말만 들어도 그녀는 비타민제 100개를 먹은 것마냥 힘이 솟는다. 살아가는 이유이자 기쁨의 근원인 두 아이에게 그녀가 해주고픈 말은 딱 한 가지다.

"우리가 어려울 때 받은 도움을 절대 잊지 말고, 누군가가 도움을 요청할 때 그의 손을 잡아줄 수 있는 사람이 되어라."

그녀 또한 언젠가는 다른 사람에게 받은 만큼 나누고자 하는 꿈이 있다. 도움의 손길이 한 사람의 인생을 어떻게 살릴 수 있는지 생생히 체득했기에 그 가치를 누구보다 잘 아는 것이다. 그래서 그녀는 어려운 상황에 있는 사람에게 적은 돈이나마 나눠주기도 하고, 누가 장사하는 방법에 대해 도움을 구하면 성의껏 가르쳐준다. 또 가게에 구걸하는 사람, 밥 달라는 사람이 오면 거절하지 않고 나누어준다.

앞으로 조금씩 더 어려운 사람들을 도우며 사는 것이 그녀의 소박한 꿈이다. 자신과 비슷한 처지에 있는 여성들을 위해 재정적인 지원을 하는 것은 물론 은퇴한 뒤에는 사회 복지 분야를 공부하고 싶은 소망이 있다. 그리고 무엇보다 그들에게 말 한 마디라도 따뜻하게 건네는 이웃이 되고 싶다. 자신이 가장 목말라하던 것이 바로 그것이었기 때문이다.

"저도 외로울 때가 많았어요. 일곱 남매가 있었지만 제가 그렇게 힘들 때 그 누구에게도 말 한 마디 할 수가 없었거든요. 정말 힘들고 어려울 때는 누군가가 따스한 말 한 마디 해주는 게 얼마나 큰 힘이 되는지 몰라요."

이제 그녀가 자신과 가족뿐만 아니라 다른 사람을 생각할 수 있는 것도, 하루하루 급급한 삶에서 미래를 그려볼 수 있는 것도 모두 희망가게가 준 선물이다. 너무 힘들 때는 아이들이 제발 빨리 크기만을 바라면서 절망적인 마음으로 하루하루를 보낸 적이 있는데, 그런 마음을 가지면 자신과의 싸움에서 지는 것임을 깨달았다. 그래서 희망가게를 연 후부터는 신바람 나는 장사를 하고 있다. 희망가게라는 타이틀도 당당하게 걸고 날마다 희망을 초청하면서 말이다.

우리는 가끔 인생의 백미러를 너무 자주 들여다본다. 많은 이들이 과거에 잘못 선택한 일이나 상처받은 일을 생각하느라 인생의 많은 부분을 허비하지 않는가. 어느 작가는 "과거의 기억은 죽지 않는 벌레다. 계속 살아남아 우리의 심장을 갉아먹으면서 성장하거나 아니면 용서를 통해 아름다운 나비로 변해 날아갈 수도 있다"라고 말했다.

그러나 어느 날 예고 없이 발생한 불행한 사건 앞에서 그 아픔을 벌레로 키우지 않고 나비로 변화시켜가는 이화순 씨. 혼자 힘으로 일어설 수 없는 사람의 진정한 이웃이 되어주고 싶다는, 이 세상을 향한 작지만 따뜻한 이웃이 되고 싶어 하는 그녀의 마음은 그녀가 만든 부대찌개 안에 고스란히 담겨 있다. 참 행복한 맛, 배부른 맛이다.

그녀와 인터뷰를 한 후 그 근처를 지나다 두 가지 풍경을 보았다.

손님이 뜸한 오후 4시경. 택시를 타고 우연히 가게 앞을 지나가다가 밖에서 가게 유리를 닦고 있는 이화순 씨를 보았다. 뙤약볕 아래에서 청소하고 있는 그녀의 뒷모습을 본 것은 대략 3~4초에 불과했지만 그런 바지런한 일상이 그녀의 삶 전체를 관통했으리라는 것을 짐작할 수 있었다.

며칠이 지난 뒤 가게에 가기 위해 골목으로 들어서는 순간, 측면주차를 하고 있는 그녀를 보았다. 언덕길의 측면주차는 초보운전자가 하기 힘든데 능숙하게 주차하고 나오는 그녀를 불러 인사했다. 얼굴에 땀이 송골송골 맺힌 그녀는 배달한 그릇을 수거해오는 길이라고 했다. 배달을 한다는 말은 금시초문이었다.

"이번 달부터 인근 기업에서 120명 분량의 단체 점심을 주문해서 매일 배달을 가요. 차가 이런 용도로 쓰일 줄 몰랐는데 참 기막힌 타이밍이죠?"

환하게 웃으며 말하는 그녀의 얼굴이 해처럼 눈부셨다.

정말 잘됐다. 복덩이 차인가 보다. 들어오자마자 그런 좋은 일을 몰고 오다니!

그 이야기를 듣는데 언젠가 본 아트 서커스가 생각났다. 공연하는 1시간 30분 내내 손에 땀을 쥐게 했던 그 공연의 백미는 공중

곡예였다. 높은 천장에 매달린 밧줄을 이리저리 옮겨 타는 배우들의 묘기는 정말 신기에 가까워 관객들은 중간 중간에도 모두 일어나 기립박수를 쳤다.

그때 보았던 배우들처럼 그녀도 이 밧줄을 놓고 저 밧줄을 잡으며 이동 중인 것 같다. 가만히 매달려 있지 않고 신나게 밧줄을 타고 있다. 그녀가 그렇게 할 수 있는 이유는 저 너머에 '좋은 밧줄'이 준비되어 있기 때문이다. 아직 공연 중이기는 하지만 나는 그녀에게 박수를 보내고 싶어졌다.

브라보! 당신은 정말 멋져요!

희망으로 편견의
시선을 넘다

 이병헌, 장동건, 전지현, 비……. 요즘 할리우드에 진출하여 맹활약을 하고 있는 한류 스타들이다. 가장 먼저 포문을 연 가수 겸 연기자 비는 처음 할리우드에 갔을 때 수차례 같은 말을 들었다고 이야기했다.

"동양인은 키가 작고 소심해."

그것은 일종의 편견이었다. 그래서 그는 서양인들의 그런 편견을 깨기 위해 치열하게 노력했고 덕분에 그를 아는 사람들은 이제 더 이상 그런 말을 하지 않는다고 한다.

어떤 집단이나 개인에 대해 한쪽으로 치우친 시선이나 태도인 편견은 우리 사회 곳곳에 존재한다. 물론 편견이 무조건 나쁘고 잘못되었다고 치부할 수는 없겠지만 문제는 우리도 모르는 사이에 편견에 상처받고 조종당할 수도 있다는 점이다. 예를 들어 'B형 남자는 늘 제멋대로고, A형은 소심하다', '여자는 항상 수다스럽다', '키 작은 남자는 좀스럽다' 등 사소한 편견들 때문에 상처받고 무기력해질 때가 얼마나 많은가.

한 여인이 여섯 살 난 딸과 함께 백화점에 갔다. 그들이 건물로 들어가려는데 한 청년이 밖으로 나오려 하고 있었다. 그 청년은 머리를 노란색으로 물들이고, 코와 입술에 피어싱을 했으며 지저분한 옷을 입고 있었다. 그리고 그의 한 손에는 피자 두 박스, 다른 손에는 큰 기타가 들려 있었다. 앞서 걸어가던 딸이 그 청년을 보자마자 걸음을 멈추었다. 여인은 딸아이가 그 청년이 무서워서 얼어붙은 거라 생각하고 얼른 딸의 손을 붙잡아 자기 쪽으로 끌어당기려 했다. 그런데 그것은 엄마의 착각이었다. 딸아이는 그 청년이 지나갈 수 있도록 문을 잡고 있었다.

엄마는 그 청년의 노란 머리와 코와 입술의 피어싱, 지저분한 옷차림을 보았고, 딸은 물건을 들고 있는 그의 양손을 본 것이다. 이처럼 우리가 무심코 무엇을 보느냐에 따라 사람을 대하는 태도가 바뀌기 마련이다.

만만치 않은 세상에 도전하다

엔젤스킨케어의 김수진 씨는 사람들이 갖고 있는 일반적인 편견과 선입견, 고정 관념에 대해 진지하게 생각하게 해주었다. 한 부모지만 완전한 한부모라고는 할 수 없는 애매한 신분, 별거녀. 가장 곤욕스러웠던 것은 바로 아이들에 대한 시선이었다.

초등학교에 입학한 첫째 아이가 준비물을 제대로 챙겨가지 못한 적이 있다. 그때만 해도 한글을 완벽히 익히지 못해서 시간표를 제대로 보지 못한 탓이었다. 그녀는 알아서 잘 챙겨 갔을 거라고 생각했는데 나중에 그 일로 아이가 선생님께 많이 혼났다는 이야기를 들었다. 처음에는 자신도 아이를 혼낼 때가 있기 때문에 선생님도 그러셨으려니 하고 넘어갔다. 그런데 선생님께서 단정적으로 "편모 가정이어서 아이가 그렇다"고 했다는 이야기를 듣고는 가슴이 덜컥 내려앉았다.

자신의 삶은 찢어지는 듯 고통스러워도 아이만은 잘 보호하고 지켜주고 싶은 것이 엄마의 본능이다. 그러기 위해 최선을 다하는데, 그런 노력이 단지 선생님의 고정 관념에 의해 공격당하는 것은 정말 억울하고 분한 일이다. 더구나 '편부모 가정에서 자란 아이들은 다르다'고 단정 짓는 선생님의 시선 때문에 아무 죄 없는 아이들이 받는 상처는 어떻게 치료한단 말인가. 그녀는 고민 끝에 아이를 위해서라도 말씀드리는 것이 좋을 듯하여 선생님께 정중하게 편지를 보냈다. 선생님이 갖고 있는 고정 관념으로 인해 어린아이가 받는 상처를 어떻게 책임질 수 있겠느냐는 내용이었다.

똑같은 잘못을 하더라도 부모가 모두 있는 아이는 "저 나이에 저럴 수도 있지" 하면서 그냥 넘어가지만 편부모 가정의 아이에게는 "엄마가(아빠가) 혼자 키우느라 힘들어서 저렇지"라며 혀를 차는 사람들의 반응은 늘 받아들이기 힘들다. 아이들은 영문도 모른 채 그런 모순된 시선을 받으며 견뎌야 한다. 그럴 때는 편부모와 아이 모두 억울할 수밖에 없다. 편부모는 나름 혼자서 엄마, 아빠의 역할을 다 하느라 노력하는데 억울한 소리를 듣는 셈이고, 아이는 자신의 의지와 상관없이 부당한 시선을 받기 때문이다.

그뿐만이 아니다. 이 사회에서 여자 혼자 무엇인가를 한다는 것은 또 얼마나 어려운지 모른다. 그녀가 남편의 무서운 폭력을 피해 탈출했을 때도 남편과 시댁 식구들은 "제까짓 게 나가봤자 무엇을 하며 살겠어? 저러다 곧 들어올 거야" 하고 코웃음을 쳤다. 여자 혼자서는 아무것도 할 수 없다는 생각이 그녀를 '뛰어봤자 벼룩'이라고 여긴 것이다.

"다수가 변하길 원하기보다 각자 지혜롭게 헤쳐 나갈 문제 같아요. 만약 다수의 변화만을 원한다면 자신에게 반발심이나 적개심만 생길 뿐이죠. 그저 의식하지 않고 긍정적으로 살아간다면 언젠가는 변하겠죠. 시간은 걸리겠지만 그때까지는 인내해야죠."

참 다부진 말이지만 인내는 말처럼 쉽지 않다. 오죽하면 내면의 힘을 키우는 데 가장 좋은 훈련 요소가 인내라고 했을까. 그럼에도 그녀가 선뜻 '인내'에 대해 이야기할 수 있었던 데에는 이유가 있다.

그녀의 인생에서 가장 큰 인내를 가르쳐준 사람은 바로 남편이었다. 결혼과 함께 시작된 폭언과 폭력은 아름다운 젊은 신부를 무참히 짓밟았다. 결혼 전에는 전혀 그런 기미조차 없었고, 더구나 남편은 직장 상사가 그녀에게 '보증 수표'라며 소개해준 사촌 동생이었다. 젊은 나이에 자수성가해서 집안을 일으킨 사람이라 그쪽 집안에서 칭찬과 신뢰를 받고 있었기에 그녀도 아무런 의심 없이 결혼을 결심했다. 그런데 그렇게 믿었던 사람이 결혼하자마자 돌변해버린 것이다.

한번은 남편을 겨우겨우 설득해서 함께 정신과 상담을 받은 적이 있다. 의사는 성장하는 과정에서 사랑을 받지 못한 것이 가장 큰 원인이라고 했다. 그러다 사랑하는 대상이 생기자 사랑에 대한 욕구가 폭발하면서 일시에 폭력성이 나타난다는 거였다. 한 마디로 폭력은 그 사람의 사랑 표현이었던 셈이다. 하지만 폭력을 행사하는 사람 앞에서 그녀는 점점 두려움에 휩싸여갔다. 그러다 3년 전, 점점 더 '이렇게 살 수는 없다'는 생각이 들 무렵, 너무 힘들어서 친정에 왔을 때 결정적인 사건이 터졌다.

"당장 내 집에서 짐 빼. 안 그러면 집에 불을 지를 거야!"

살기등등한 얼굴로 친정집에 쳐들어온 남편은 고래고래 소리를 지르며 그녀를 협박했다. 그 광경을 다 지켜본 아버지의 참담하던 표정은 지금도 잊히지 않는다. 남편이 가고 난 뒤, 폭풍이 한 차례 휩쓸고 지나간 듯한 방에서 그녀는 그길로 자기 짐만 빼서 아이와 나와버렸다. 드디어 폭력의 올가미에서 벗어난 것이다.

"용기는 두려움이 없는 상태가 아니라 다른 뭔가가 두려움보다 더 중요하다는 판단인 것 같아요. 그리고 두려움을 다룰 줄 아는 것이고요."

 남편의 폭력에 대한 두려움, 혼자 살아가야 하는 것에 대한 두려움, 그녀는 이 모든 두려움에 맞서기로 결심하고 고통의 자리를 박차고 나왔다. 그런데 막상 나오기는 했지만 돈 한 푼 없이 혼자 계신 친정 아버지께 가는 것도 정말 면목 없고 불편한 일이었다. 일하지 않으면 당장 먹을 것이 없고, 아이들이 어려 직원으로 취업하는 것도 불가능하고, 연로하신 아버지를 부양해야 하는 막막한 상황에서 그녀는 다시 한 번 돌파를 시도했다. 절망적인 상황이 그녀를 갉아먹지 못하게 한 것이다.

 상황 돌파를 위해 그녀가 선택한 것은 봇짐 피부 관리였다. 다행히 결혼하기 전부터 첫아이를 낳을 때까지 피부 마사지와 메이크업을 하며 일한 경력이 있었기 때문에 본격적으로 일하기 위해 대출을 받아 자동차와 마사지 기계를 구입했다. 가장 시급한 것이 밑천을 마련하는 일이었으므로 일단 출장 피부 관리를 다니면서 기술과 서비스에 대한 신뢰를 쌓아가고, 고객을 확보해나갔다. 동시에 아파트를 돌아다니며 광고 전단지를 붙이는 등 적극적으로 홍보한 덕분에 조금씩 고정 고객이 생겼고, 그다음에는 집을 피부 관리 숍처럼 단장하여 운영했다.

 하지만 금세 갚을 것이라고 생각했던 대출금에 이자가 계속 불어나면서 상황이 버거워졌다. 더구나 법적 이혼이 아니라는 이유로 정부지원금조차 받을 수 없어 생활은 더 궁핍해졌다. 보통 정부지원금은 이혼했거나 사별, 남편이 장애인인 경우 받을 수 있었

다. 그녀는 별거 상태이기 때문에 해당되지 않은 것이다. 당시 남편이 생활비로 준 돈은 50만 원인데, 그 돈으로 세 식구가 생활하는 건 불가능했다.

그녀는 비참해지지 않기 위해 애썼다. 가만히 앉아서 어려움이 해결되기를, 삶이 행복해지기만을 기다리지 않았다. 그녀는 행복과 불행이 자신의 선택에 달려 있음을 알았다. 자신이 행복을 선택하면 자연스레 삶이 풍요로워질 것이라고 믿었다. 그녀는 "희망은 동굴이 아니라 터널"이라고 끝없이 되뇌었고, 그런 그녀에게 다가온 것이 바로 희망가게였다.

그녀는 그맘때 만난 고마운 인연들을 잊을 수 없다. 그녀가 일어설 수 있게 해준 희망의 서포터즈들이 있다. 첫 서포터즈는 읍사무소 사회복지과의 담당 복지사였다. 그녀의 어려운 사정을 알고 난 뒤에 이혼 가정이 아닌데도 아이들의 교육비를 지원받을 수 있도록 도와주었을 뿐만 아니라 희망가게에 지원 서류를 낼 때도 정성껏 추천서를 써주었다.

사실 그녀는 희망가게를 신청하기 전 다른 기관들에 지원했다가 모두 미끄러진 경험이 있다. 그 또한 법적 이혼 가정이 아니라는 것이 이유였다. 너무 허탈하고 막막해서 엉엉 울고 말았는데 그런 그녀의 모습을 안타깝게 여긴 군청 관계자가 맥없이 돌아서는 그녀를 불러 세웠다.

"아름다운재단의 희망가게라는 것이 있는데 혹시 여기에 신청해볼래요?"

그 말을 시작으로 주위 사람들이 모두 한 팀이 된 것마냥 그녀를 돕기 시작했다. 읍사무소에서 추천서를 꼼꼼히 써주셨을 뿐만 아니라 마을 이장님도 '실제적으로 여성가장이 틀림없으니 꼭 지원해달라' 하면서 후견인 역할을 자청하셨다. 여태까지 혼자라고 생각했는데, 세상이 등졌다고 느꼈는데, 모든 사람이 야속하게만 보였는데……, 그때는 세상이 다 내 편인 것처럼 든든했다.

여러 사람의 기대와 지원을 등에 업고 지원하면서도 이 또한 욕심이지 싶어 사실 그다지 기대하지 않았다. 관계자들도 가망 없다는 식으로 이야기해서 거의 포기하고 있었는데 희망가게에 선정되었다는 연락이 왔다. 그때 누구보다 기뻐한 사람이 아버지였다. 혼자 어렵게 사는 딸에게 가게 하나 내주고 싶어도 형편이 안 돼 도와주지 못하는 아버지의 심정이 오죽하셨을까. "너는 정말 잘 살아야 한다"고 말씀하시던 아버지의 감격과 기쁨은 그녀에게도 큰 보상이었다. 이 세상의 그 무엇이 아버지의 마음을 그렇게 위로할 수 있겠는가. 더불어 그녀 자신도 엄청난 위로와 격려를 받았다.

"아름다운재단에서 저를 뽑아주셨을 때 태어나서 처음으로 '나도 행운이라는 게 있는 사람이구나' 하는 생각이 들었어요. 그 전까지 제 인생에 '행운'이라는 단어는 없었거든요."

희망가게를 시작으로 행운이 이어졌다. 믿기지 않는 행운이 방문한 것도 기절할 정도로 감격스러운데 행운은 그 뒤로도 계속 초인종을 눌러댔다. 갚을 길이 막막하던 빚도 3분의 1로 삭감된 것이다.

카드 빚 독촉 전화에 시달리던 어느 날 그녀는 카드 회사에 전화를 걸어 "살려고 빚을 낸 것이니까 기한을 늘려 분할해서 갚을 수 있게 해달라"고 부탁했다. 그때 상담을 해주던 분이 그녀의 사정을 귀담아 듣더니 '개인 회생'에 대해 조언해주었고, 귀가 번쩍 뜨이는 이야기에 여기저기 알아본 결과 한 달 만에 해결되었다. 남편이 자신의 재산을 시댁 명의로 돌려놓았다는 점과 이혼한 상태가 아니라는 점이 반영되었고, 무엇보다 희망가게를 하게 되었다는 이유를 들어 채무이행능력을 인정받은 것이다. 어깨에서 또 하나의 무거운 짐이 내려지는 순간이었다.

꽉 막혔던 속이 한꺼번에 소화되는 것처럼 어려운 문제들이 하나씩 풀리기 시작했다. 가게도 하고, 빚도 삭감되고, 여기저기서 돈을 빌려주겠다는 사람들도 생기고, 손님들이 아이들을 봐주었다.

"이제는 사람들이 저한테 웬 복이 그렇게 많냐고 하세요. 전 제가 그런 소리를 들을 거라고는 상상도 못 했어요. 이런 날이 오리라고는 생각도 못 했고요."

한순간에 '복 많은 여자'가 된 그녀는 지금 당당하고 행복하게 일하고 있다. 이제 일은 그녀에게 단순한 돈벌이가 아니라 신나는 놀이이자 사람들과의 설레는 만남이다.

일이 너무 좋아서 예약 손님이 있다고 생각하면 마음이 설레기까지 한다. 마사지는 피부 관리사의 손끝을 통해 몸속의 혈액과 림프 순환이 원활해지고 피부 내 산소와 영양이 공급되는 것이다.

근육이 이완되어 긴장을 완화시켜주기 때문에 심리적 안정감을 주기도 한다. 그렇기 때문에 사람들은 마사지를 받으며 속내를 이야기하는 경우가 많다. 그녀는 자신이 어려움을 겪어서인지 어떤 이야기든 판단 없이 들을 수 있는 귀가 생겨 잘 들어주었을 뿐인데 그것만으로도 큰 위로를 받고 가는 손님들이 많다.

지금의 삶은 그녀가 꿈꿔왔던 바로 그 삶이다. 피부 마사지와 메이크업은 워낙 좋아하는 일이었다고 차치하더라도, 다른 사람의 이야기를 듣고 도움을 주는 사람이 되고 싶었는데 자연스럽게 그런 역할을 할 수 있기 때문이다. 그녀를 더욱 신나게 하는 것은 꿈꿔온 그 일을 하는데 돈까지 번다는 점이다! 그저 그 사실 하나가 너무 고맙고 좋아서 그녀는 '손해를 보더라도 야박하게 굴지 말자' 하는 생각에 이익 계산을 접어두었다. 돈을 많이 벌지 않더라도 빚 갚고, 밥 먹으면 그것으로 충분하기 때문이다. 그런데도 지금은 조금이나마 이득이 남아 저축까지 하니 신기한 일이다.

손해 볼 작정을 하는 그녀는 둘 중 하나다. 완전히 고수든가, 완전히 바보든가. 그런데 그녀의 소박한 웃음에서 알 수 있다. 그녀는 지혜로운 바보라는 것을.

비움과 만족, 그리고 다시 돌진

그녀라고 해서 늘 좋기만 할 리는 없다. 손님들이 지나가면서

"남편한테 맞고 살았다며?", "재단인가 어딘가에서 대출받았다면서?" 하며 툭툭 던지는 말들이 마음을 할퀼 때도 있지만 되도록 그런 말들에 스트레스 받지 않고 빨리 잊어버리려 한다. 그녀가 부정적인 기분을 털어내는 방법은 간단하다. 좋은 사람, 긍정적인 말을 하는 사람을 만나는 것이다. 그런 사람들과 만나 이야기를 나누다보면 체한 것처럼 마음에 얹혀 있던 상처의 말들이 어느새 소화가 되기 때문이다. 그리고 평정심을 회복한 뒤에는 전보다 더 열심히 일한다. 아무리 편견과 비웃음을 던지는 사람도 감동적인 서비스 앞에서는 마음이 녹을 수밖에 없다는 사실을 잘 알기 때문이다. 그녀가 주고 싶은 것은 바로 그런 마음과 손길이다. 그것이 지금의 삶을 살게 해준 모든 이들에 대한 보답이라고 여기기에 그녀의 마음과 손은 계속 커지고 있다.

그녀의 이러한 내공은 도대체 어디서 나오는 것일까. 그녀는 과거에 공포와 고통으로 얼굴이 찌그러졌었다고 하지만 지금은 밝고 건강해 보인다. 무엇보다 자신의 삶에 흡족해한다. 다른 사람들이 그녀에 대해 이러쿵저러쿵 이야기하는 것도 한 귀로 흘릴 수 있는 여유도 보통 사람의 수준이 아니다. 이 세 가지만 봐도 그녀의 마음속에 있는 힘의 정체가 궁금해진다.

"제가 스물여섯 살 때 교통사고로 엄마와 남동생을 잃었어요. 그렇게 가족을 잃고 나니까 다른 일들이 모두 사소하게 느껴지더라고요. 가족의 죽음을 겪고 나니까 나 자신만 잃지 않으면 누가 손가락질하고 욕을 해도 상관이 없다는 생각이 들었어요. 덕분에 그 모진 일들을 다 참을 수 있었던 것 같아요."

그녀가 갖고 있는 내공의 비밀은 바로 '비움'이었다. 그래서 그녀의 신조 또한 손해 보면서 사는 것이다. 남의 것에서 이득을 더 취하면 불안하고 편치 않은 것이 타고난 성품이기도 하지만 소중한 것을 잃고 나서 더욱 손해 보는 것이 편해졌다. 어쩌면 그런 구멍 숭숭 뚫린 것 같은 그녀의 삶이 더 큰 '채움'의 축복으로 보상받는 것은 아닐까. 움켜쥐는 것이 꼭 소유로 통하는 것이 아니고, 소유가 행복으로 연결되는 것이 아님을 일찌감치 경험했기에 가능한 생각이다.

그래서 그녀는 가게를 키워서 어떻게 해보겠다는 생각도 없고, 더도 말고 덜도 말고 지금의 이 삶을 계속 누리는 것이 가장 큰 소망이다. 조금 더 욕심을 낸다면 어려운 사람들을 위해 기부하는 삶을 사는 것 정도다. 그녀는 그것만으로도 충분하다.

만족이란 녀석은 이상한 방문 판매원이다. 그는 집을 찾아 돌아다니지만 열린 문을 거의 발견하지 못한다. 그래도 그는 천천히 집집마다 돌며 문을 두드리고 물건을 꺼낸다. 평화로운 시간, 용서의 미소, 안도의 한숨이 그가 파는 물건이다. 대신 빡빡한 일정과 좌절감, 근심을 값으로 받는다. 정신없이 바쁜 낮과 잠 못 이루는 밤을 내놓으라고 요구한다. 하지만 그의 물건은 인기가 없다. 우리는 무엇인가에 만족하기에 너무 바쁘다. 언제나 할 일이 쌓여 있고, 이루어야 할 성과도 많기 때문이다.

하지만 이 방문 판매원은 계속 돌아다닌다. 만족은 왜 그렇게

찬밥 신세를 당하는 걸까? 오랫동안 돌아다녀도 그의 물건을 사는 사람은 극히 드물다. 오히려 사람들은 스트레스로 눌린 가슴을 더 좋아한다. 정말 이상한 노릇이다.

나는 만족을 찬밥이 아닌 귀한 밥으로 여기는 그녀가 좋았다. 바보처럼 소박한 그녀가 정겨웠다. 인생의 깊이를 알지만 그러면서도 늘 지니고 있는 경쾌함이 즐거웠고, 막 퍼주며 헐렁해 보이지만 초심을 잃지 않기 위해 '만족'을 훈련하는 절제와 원칙도 믿음직스러웠다. 그 균형감이 다른 사람의 마음을 여는 열쇠가 아닐까. 그런 면에서 그녀는 참 현명한 사람이다.

사람들은 한계에 부딪히면 자신이 깨질까 봐 겁을 낸다. 하지만 벽에 부딪힌다고 해서 다 깨지는 것은 아니다. 덩굴장미처럼 슬금슬금 넘어갈 수도 있고 그러다 보면 어느새 벽을 훌쩍 넘어버린다.

그동안 그녀는 참 많은 일을 겪었다. 가족을 잃은 아픔, 남편의 폭력에 따른 고통, 재정적인 파산, 사회적 편견……. 하지만 그 속에서 '경험'과 '현명함'을 얻었다면 결코 손해 본 일이라고만은 할 수 없을 것이다. 그녀는 지금 다시 그녀의 '덩굴손'을 새롭게 움직이고 있다. 하루하루 새롭게 부딪힐 벽을 넘기 위해서 그녀의 덩굴손은 오늘도, 내일도 살금살금 벽을 오를 것이다.

한창 이야기를 나누는 중에 그녀는 아버지에게 걸려온 전화를 받았다. 가만히 통화 내용을 들어보니 무언가 물건을 주문한 모양이었다.

"아버지가 이번에 드럼 세탁기를 사주셨어요. 제가 수건을 일일이 다 삶는데 그게 고생스러워 보였나 봐요. 괜찮다고 하는데도 그건 꼭 아버지가 사주고 싶으시대요."

순간, 아버지의 마음이 그려졌다. 드럼 세탁기에는 결코 다 담길 수 없는 크기의 사랑과 대견함과 위로가 전율처럼 내 마음을 쓸었다. 아마도 아버지는 드럼 세탁기뿐만 아니라 자신이라도 다 내주고 싶지 않으실까.

어디 그런 마음과 손길이 아버지뿐이었으랴. 그녀는 오늘도 고마운 사람들을 기억하며 착하고 성실하게 살고 있다.

좌절 대신 용기를,
포기 대신 도전을

"쿵! 쿵! 쿵!"

"쿵! 쾅! 쿵! 쾅!"

문을 두드리는 소리가 점점 거칠어졌다.

"집 안에 있는 거 다 알아! 어서 문 안 열어?"

험하게 협박하는 강도도 세어진다. 그녀는 쥐 죽은 듯이 가만히 웅크리고 앉아서 사채업자들의 횡포가 가라앉기만 기다릴 뿐이다. 젖먹이 아이가 놀라서 울지 않도록 아이의 귀는 아예 막아놓았다.

이번에는 전화벨이 울린다. 끊임없이 울려대는 벨 소리에 노이로제가 걸릴 지경이지만 그렇다고 받을 수도 없다. 차라리 그녀가 진 빚이라면 억울하지나 않겠다. 결혼하자마자 도박으로 큰 빚을 진 남편은 나중에 사채까지 끌어다 썼다. 도저히 감당할 수 없는 상황이 되자 남편은 집을 나가버렸다. 그 뒤로 주민등록을 말소시켰는지 연락이 닿지 않는 상태에서 그녀 혼자 이 험한 일을 당하고 있는 것이다.

어느새 쿵쾅거리는 소리도, 전화벨 소리도 사라졌다. 오늘은 이렇게 넘어가나 싶어 잠시 한숨을 돌리지만 언제 또 찾아올지 모른다는 불안감이 이내 몰려왔다.

다음 날, 또다시 전화벨이 울렸다. 계속 피할 수 없어 이번엔 전화를 받았다. "내가 그 돈을 쓴 것이 아니라 남편이 쓴 거예요!" 하고 소리쳤지만 통할 리가 없었다. 억울함에 악을 쓰자 그 사람들도 화가 났는지 꼼짝 말고 기다리라며 전화를 끊었다. 정말 당장에라도 달려와 문이라도 부술 기세였다. 덜컥 겁이 났다. 시동생에게 전화를 걸어 도움을 청했지만 머뭇거리는 반응에 혼자 견딜 수밖에 없는 상황이라는 것을 직감했다.

그렇게 여러 날을 극심한 공포와 전화벨 소리에 시달리며 아무것도 먹지 못하자 몸은 거의 탈진할 지경에 이르렀다. 의식이 희미해지는 상황에서 어디서 그런 용기가 났는지 자신도 모르게 사채업자에게 전화를 걸어 "나도 그 사람이 어디 있는지 정말 궁금합니다" 하고 말한 뒤 전화를 끊었다. 그 뒤로 기억이 끊어졌다.

얼마쯤 지났을까. 깨어나 보니 아침이었다. 마치 아무 일도 없었다는 듯 평소와 똑같은 아침의 풍경이었다. 그런데 맨바닥에서 잠들어 있는 아이가 눈에 들어왔다. 아이는 울다 지쳐 잠이 든 것 같았다. 얼른 아이를 안았는데 아랫도리가 묵직했다. 만져보니 기저귀가 흠뻑 젖어 있었다.

밤새 이 아이는 얼마나 외롭고 힘들었을까. 축축한 기저귀를 차고 방치된 채 계속 울어댄 지난밤이 얼마나 길고 무서웠을까. 어쩌면 자신보다 더 큰 공포를 느꼈을 아이를 생각하니 정신이 번쩍 들었다.

그 순간 결심했다. 아이를 위해서라도 이렇게 살아서는 안 되겠다고. 그때부터 그녀는 법원을 집 드나들듯 다니고, 법률 상담소에 가서 상담을 받으며 남편이 없는 상황에서 이혼 절차를 밟았다. 다행히 6개월 만에 이혼이 성립되었고, 그녀 앞으로 남아 있는 빚은 갚아야 했지만 사채업자들의 협박으로부터는 벗어날 수 있었다. 이 숨 가쁜 이야기 속의 주인공은 오름디자인의 이숙정 씨다.

사막에는 '유사流砂'라는 것이 있다. 말 그대로 모래가 흐르는 것인데, 이는 지하의 빈 공간이나 지하수로 모래가 흘러들어갈 때 생긴다. 이때 모래가 흘러들어가는 압력이 엄청나기 때문에 유사에 빠지면 매우 위험하다. 모래 구덩이에 빨려 들어가 목숨을 잃을 확률이 높아서 사막을 지날 때에는 항상 유사에 주의해야 한다. 지뢰처럼 언제 어디서 만날지 전혀 알 수 없기 때문이다.

그녀는 그런 유사를 생각나게 하는 사람이었다. 어쩌면 저렇게 한순간에 도무지 헤어 나올 수 없을 것 같은 구덩이에 빠져버렸을까 싶은 생각이 들었다. 하지만 유사에 빠진 것과 같은 상황에서 그녀는 꿋꿋이 빠져나왔다.

두 종류의 자존심에 대한 철학

사실 협박을 당하거나 돈이 없는 것보다 그녀를 더 못 견디게 한 것은 그녀의 동의 없이 벌어진 일로 인해 자존심이 짓밟히는 일이었다. 결혼 전, 한 직장에서 7년을 근무한 뒤에 자신이 직접 회사를 운영할 정도로 그녀는 성실한 사람이었다. 늘 책임감 있게 생활한 덕분에 집까지 사놓는 경제력을 갖추었고, 다른 사람에게 아쉬운 소리를 한 적도 없었다. 그랬던 그녀가 결혼과 함께 갑자기 밑바닥으로 곤두박질쳐버린 것이다. 실 반지까지 모두 다 팔아야 할 정도로 돈이 없을 때도 꿋꿋했지만 다른 사람이 저지른 일 때문에 하찮은 사람으로 무시당하는 것만큼은 견디기 힘들었다. 날마다 사채업자로부터 폭언과 무시를 당하면서 자존심이 구겨질 대로 구겨진 그녀는 나쁜 생각마저 들었다.

한 아이의 엄마가 경제적인 어려움 때문에 아이 세 명과 옥상에서 떨어져 죽었다는 뉴스를 듣는 순간, 그 심정이 절실히 이해가 되었다. 웃는 날보다 우는 날이 훨씬 더 많았던 그때, 그녀도 죽음을 생각하며 세상을 등지는 사람들의 마음에 처음으로 공감한 것이다. 그럴 때마다 그녀를 붙잡아준 것은 아이였다. 주저앉으려고 하면 한도 끝도 없이 무너질 것 같아 늘 스스로를 채찍질하면서 살아온 그녀는 가끔씩 자신에게 말한다. 여기까지 온 것이 너무 대견하고 고맙다고 말이다.

한창 힘들 때 그녀는 운명적으로 희망가게와 만났다. 당시 그녀는 파산 신청과 이혼 상대자 없이 이혼하는 문제들을 알아보기 위해 법원과 법률 사무소들을 돌아다니고 있었다. 게다가 아이가 어려서 정규직으로 일하기는 곤란했기 때문에 다른 사람의 사무실에 책상을 하나 놓고 프리랜서로 일하고 있었다.

일거리를 찾기 위해 동사무소에 들른 어느 날, 그녀의 눈에 팸플릿 하나가 들어왔다.

"창업을 꿈꾸는 한부모 여성가장을 위한 희망가게를 아세요?"

그 순간, 최면에 걸린 것처럼 그 팸플릿을 집어든 그녀는 그곳에 적힌 대출 지원과 자격 조건을 믿을 수가 없어 직원에게 다시 확인했다. 희망가게에 대해 자세하게 설명해준 직원은 "내일이 신청 마지막 날이에요. 가능하시면 어서 준비해서 신청해보세요" 하며 그녀를 독려했다.

하루 만에 부리나케 지원 서류를 준비해서 보냈는데 면접을 보러 오라는 연락을 받았다. 떨리는 마음으로 도착한 면접장, 그곳에서 "도와주지 않아도 혼자서 잘 할 수 있을 것 같다"는 심사위원의 말을 듣고 떨어졌나 보다 생각하던 차에 합격통지서가 날아왔다. 유사에 빠진 그녀에게 누군가가 손을 내밀어준 것이다.

경제적으로 자립할 수 있는 자금을 지원해주는 것뿐만 아니라 사업을 잘 할 수 있게 컨설팅을 받을 수 있다는 것은 그녀에게 큰 도움이 되었다. 아무것도 없이 프리랜서로 일하는 것과 좋은 사무실을 얻고 컨설팅을 받아 체계적으로 일하는 것에는 엄청난 차이가 있기 때문이다. 작은 규모이기는 하지만 상권 조사를 통한 사

Adobe InDesign CS3
Flie Edit Layout Type Notes Object Table View
무제.indd @ 100% [overprint]
Pages
Info
Layers
Links
Strokes
Swatches
Object
Weight
Type
END
Gulim
Regular
Pages
Info
Layers
Links

무실 임대에서부터 회사 이름을 짓는 것, 인테리어까지 전문적인 정보를 제공하며 꼼꼼히 신경을 써줄 때는 그야말로 천군만마를 얻은 기분이었다. 뿐만 아니라 직원과 영업, 거래처 관리, 회사 운영 등에 필요한 정보와 도움도 받았다. 그러자 일에 대한 자신감이 생기면서 '사장다움'을 갖출 수 있었다. 그리고 가장 감격스러운 일은 유사에 빠져 있을 때 그녀를 붙잡아준 손, 바로 그 운명의 팸플릿을 이제 그녀의 손으로 만들게 되었다는 점이다.

결코 헤어 나올 수 없을 것 같은 곳에서 구사일생으로 이렇게 빠져나온 그녀는 이제 새로이 갖게 된 것과 버리게 된 것이 있다. 바로 자존심이다.

자존심에는 두 가지 종류가 있다. 쓸 데 있는 자존심과 쓸 데 없는 자존심. 그녀는 힘든 시간을 보내고 홀로서기를 하면서 쓸 데 없는 자존심은 버리는 법을 터득했다. 그녀가 말하는 쓸 데 없는 자존심은 다른 사람의 눈치를 보는 것이다. 특히 혼자 사는 여성 사업가로서 '내가 혼자라고 하면 우습게 볼까?', '이런 말을 하면 내가 쉬워 보일까?', '이렇게 영업하면 비참하지 않을까?' 하는 생각은 아무 소용이 없다는 것을 깨달았다.

그 뒤로 그녀는 오히려 자신이 처한 환경을 잘 활용하기로 마음먹고, "희망가게니까 도와주세요!" 하면서 적극적으로 찾아가는 영업을 한다. 처음에는 생각지도 못한 일이었다. 어떻게든 감추고 가리고 싶었으니까. 하지만 인생이라는 게 그렇다. 마치 죽을 것처럼 힘들던 것들도 이겨내게 되고, 보기 싫은 흉터와 같은 삶의

자국도 시간이 지나면 옅어지고 드러낼 수 있게 된다. 그녀도 그
렇게 과거의 흔적을 버리고 나니 훨씬 가볍고 자유로워졌다.

사실 그녀가 자존심에 대해 구체적으로 생각해본 것도 희망가
게를 하면서부터다. 자신이 직접 영업을 뛰어야 하는 입장이 되고
보니 영업이라는 것이 낯선 사람들 앞에서 막연한 두려움을 감내
해야 하는 일임을 실감했기 때문이다. 그렇다고 해서 피할 수 있
는 일은 아니니 돌파하는 수밖에 없었다.

처음 회사를 시작했을 때는 아무래도 아름다운재단과 관련된
기관 쪽으로 연락을 했다. 한 번은 희망제작소 박원순 상임이사에
게 포트폴리오 형식의 편지를 보냈다.

'일을 맡기지 않으셔도 좋습니다. 제가 이런 일을 하니까 포트
폴리오를 보시고 제가 할 수 있다고 판단하시면 동등한 입장에서
기회를 주십시오.'

다행히 그곳에서 그녀의 포트폴리오를 검토해주었고, 희망제작
소 일을 하게 되었다. 또 아모레퍼시픽에서도 일을 소개받아 소식
지를 만들고 있다. 그러면서 조금씩 용기를 얻은 그녀는 거래처가
될 만한 곳의 리스트를 뽑아 차례차례 전화를 걸었다. 버튼을 누
르기까지 온갖 생각이 다 들어 망설이는 그때 마음속에서 외치는
소리가 들렸다.

'지금이 쓸 데 없는 자존심을 버릴 수 있는 기회야!'

그리고 상대편에서 "여보세요"라는 소리가 들리는 순간, 그동안
머릿속으로 수십 번도 넘게 연습한 말을 쏟아냈다. 친절히 응대해

주는 사람이 있는가 하면, 서러울 정도로 매몰차게 거절하는 사람도 있었다. 그나마 호의를 보이는 업체에는 보따리장수처럼 포트폴리오를 가져가서 담당자를 만나고 적절한 간격을 두어 연락을 했다. 그녀는 잘하는 사람이 꾸준한 사람을 이길 수 없듯이 계속하다보면 좋은 결실이 있을 거라고 믿었다.

"창업은 일을 만든다는 뜻이죠. 저는 이 말이 좋아요. 무엇보다 아무리 작은 일이라도 해내는 용기를 얻는 것이 가장 뿌듯해요. 다시 이렇게 일어설 줄 몰랐고, 많이 위축되었는데 일을 시작하면서 다시 삶에 대한, 일에 대한 용기를 얻었어요."

이보다 더 큰 수확이 또 있을까.

한편, 쓸 데 있는 자존심을 지키는 법도 배웠다. 이는 자신이 세운 원칙을 반드시 지킨다는 스스로와의 약속이다. 사람들이나 거래처와 한 약속은 어떤 일이 있어도 철저히 지키는 그녀는 지금까지 임대료, 결제 대금, 급여 등은 하루도 밀려본 적이 없다. 이러한 원칙이 나중에 큰 힘이 될 거라 믿기 때문이다.

"지금 당장 힘들다고 신용을 저버리는 건 제 자존심을 버리는 것과 같다고 생각해요."

그래서 그녀는 스스로를 '피곤한 스타일'이라고 할 정도로 고객이 맡긴 일을 완벽히 해내려 한다. 믿고 맡긴 일에 최선을 다한다는 정신은 일을 맡겨준 고객에 대한 보답인 동시에 기업을 이어갈 수 있는 원칙이라고 생각하기 때문이다.

"진심은 인간의 가장 큰 무기예요. 저에게도 솔직하고 남들에게도 솔직한 것이 제가 지켜야 할 자존심이죠."

그녀의 자존심 덕분에 회사는 그동안 신뢰를 저축할 수 있었다. 거래처에게 '믿고 맡길 수 있는 곳'이라는 인식을 갖게 하는 데 성공한 것이다. 물론 그렇게 되기까지 대금 지불을 위해 친구에게 돈을 빌려서라도 결제하고, 납품 일자를 정확히 지키는 등 남모를 노력과 투자가 필요했음은 설명하지 않아도 될 것이다.

그렇게 열심히 일하다 어느 시점에 이르자 컵에 물이 넘치는 것처럼 혼자 감당하기에는 벅찰 정도로 일이 쇄도하기 시작했다. 넘치는 물을 담기 위해서는 다른 컵이 필요하기에 직원도 뽑았고, 그녀는 드디어 고용주가 되었다. 함께 일하는 직원에게도 원칙 적용의 예외는 없었다. 내 통장에는 잔고가 없어도 직원 월급은 하루도 밀린 적이 없고, 회사가 어려울 때는 어려운 대로 솔직하게 회사의 상황을 이야기하면서 함께 허리띠를 조르자고 부탁하기도 했다. 그 결과 그녀는 거래처와 직원들에게 '확실한 사람'이라는 신뢰를 얻을 수 있었다.

이렇듯 신뢰는 사람을 앞으로 나아가게 하는 에너지고, 우리는 믿음을 먹고 빛을 내는 존재다. 그 빛으로 나를 비추고 남을 비추며 세상을 비추는 것이다.

'신뢰'라는 단어에는 정직, 성실, 믿음, 희망이라는 의미가 담겨 있다. 신뢰가 그만큼 중요하기 때문에 단 한 사람에게라도 신뢰를 받으면 그것은 천하를 얻은 것과 마찬가지의 대단한 일이라 할 수 있다. 하지만 신뢰는 하루아침에 쌓이지 않는다. 늘 정직하게 말하고 약속을 지키며 끊임없이 자신을 발전시켜나갈 때 사람들은 그를 신뢰하는 것이다.

그렇게 한 사람에게 신뢰가 생기면 두 사람, 세 사람, 더 많은 사람으로부터 신뢰받는 것은 어렵지 않다. 사람의 마음은 돈이나 말이 아닌 신뢰로 열린다. 그리고 성장과 발전, 창조의 변화도 서로에 대한 믿음이 있을 때 가능하다.

오늘보다 더 나은 내일을 위해

그녀의 근성은 타의 추종을 불허한다. 희망가게를 시작하기 전, 그녀는 70개국이 참가하는 큰 국제행사의 CI부터 포스터, 브로슈어, 매일 발행하는 소식지를 만드는 일까지 혼자 진행하는 기염을 토했다. 사실 그 일은 기획사에서 맡아 해야 할 정도의 규모였으나 그녀의 실력과 성실성을 인정한 기관 관계자들의 도움으로 맡은 일이었다. 행사가 진행되는 12일 동안 제대로 잠도 못 자고 무사히 일을 치른 뒤 그녀는 급기야 병원 신세를 지고 말았다. 비록 쓰러질 만큼 힘들기는 했지만 그때의 경험은 스스로를 업그레이드하고 근성을 키우는 데 큰 도움이 되었다.

이런 그녀의 근성은 회사를 차리고 난 뒤에도 여지없이 발휘되고 있다. 직함은 사장이지만 그녀는 제작한 전단지를 나르는 등 웬만한 남자들이 힘쓰는 일까지 척척 할 뿐 아니라 의뢰받은 인쇄

물의 내용을 교정하는 편집자 역할까지 도맡아 한다. 마음에 들지 않으면 처음부터 다시 시작하고, 의뢰한 회사 쪽의 실수로 인쇄물이 잘못 나와도 그에 대한 대책까지 자비를 들여 해결하기도 한다. 그녀는 이런 손해를 '미래를 위한 투자'라고 생각한다.

"지금 우리 회사는 어린아이와 같은 단계예요. 어린아이가 청소

년처럼 굴어서는 안 되잖아요. 어린아이일 때 해야 할 일이 있고, 배워야 하는 것이 있는 것처럼 이런 과정도 손해나 양보가 아니라 투자라고 생각하는 게 맞죠. 지금은 스스로 경쟁력을 갖추는 것이 우선이니까요."

그래도 여전히 영업은 어렵다. 그래서 그녀가 화두로 삼는 것은 자기 자신과의 싸움. 선택하기 전이 번민이라면 선택한 후는 돌파다. 돌파가 번민보다 훨씬 쉽다. 작은 가게를 창업한다는 것이 얼마나 어려운지 겪어본 사람은 알 것이다. 사장부터 사환까지, 기획에서 생산까지, 영업에서 홍보까지 혼자 다 책임져야 하고, 피곤한 일, 다른 사람이 꺼리는 일도 마다할 수 없다. 무엇보다 하고 싶은 일을 하기 위해 하기 싫은 일을 더 많이 해야 한다. 또한 사람들과 진실한 관계를 맺기 위해 성의껏 소통해야 하고 끊임없이 순간순간 선택해야 한다. 그래서 매번 어렵지만 그 순간들을 거치면서 그녀는 진화하고 있다.

올봄에 전세를 얻고 아이가 초등학교에 입학한 것, 그녀를 행복하게 만든 일 두 가지다. 결혼할 때 마련한 집을 고스란히 날린 뒤월세 집을 전전하다가 드디어 전세를 얻어 좀 더 안정적인 둥지를 튼 것이다. 게다가 아이가 초등학교에 입학해 학부형이 되었다는 것도 빼놓을 수 없는 기쁨이다. 그도 그럴 것이 밑바닥에서 다시올라오기까지 흘린 수많은 눈물과 땀방울, 인내와 쓸 데 없는 자존심을 버린 결과로 주어진 작은 결실이기 때문이다. 무너졌던 삶의 터전을 다시 세우고 있고, 젖먹이였던 딸이 이제 학교에 다닐

만큼 어엿하게 자라준 것은 그녀에게 그 어떤 것과도 비교할 수 없는 보상이다.

이런 일상의 소소함이 회복되어가면서 그녀는 삶이 준 두 개의 선물을 얻었다. 첫째는 지난날은 다 좋은 추억이었다고 생각하는 여유다. 그저 아주 비싼 값을 주고 인생 공부를 한 셈일 뿐이라고, 거저 얻어지는 것은 없다고, 그렇게 생각하는 넉넉한 마음을 갖게 되었다.

둘째는 어려운 일을 겪으면서 갖게 된 세상에 대한 시각이다. 예전에는 누군가 이혼을 하면 '어떻게 했기에 이혼까지 했을까'라고 생각하거나 딱하게 여겼다. 빚을 진 사람에게는 '어떻게 빚을 지고 사나' 하는 시선을 보내기도 했다. 사실 그 누구도 그 사람이 왜 그랬는지 알지 못하고 그 사람의 이야기를 다 들어봐야만 알 수 있는 것이 얼마나 많은가. 알고 나면 이해할 수 있는 폭도 훨씬 넓은데 그런 것을 이해하기 전에 틀에 박힌 시각에서 벗어나기란 매우 어려운 것이다. 그녀는 자신이 그런 상황이 되고 난 후 사회나 사람에 대해 다양한 시각을 갖게 되었다.

그녀는 다시 새로운 꿈을 꾸고 있다. 경영인으로서 좀 더 전문적인 공부를 하여, 지금보다 세 배 정도 더 좋은 회사로 키우는 것이다. 멀티플레이어로서 움직이다 보니 시간이 금쪽같기는 하지만 '현재'에 안주하는 것보다 '미래'를 준비하는 것이 더 중요하다는 생각이 들어서다. 고만고만한 일만 하다가 접을 것이 아니기에 더 나은 실력과 자격을 갖추고 싶어졌다. 그렇게 어제보다 더 나

은 오늘, 오늘보다 더 나은 내일을 만들고 싶은 이유는 바로 자신
이 '엄마'이기 때문이기도 하다.

"부끄럽지 않은 엄마가 되고 싶어요. 아이가 어느 날 문득 제 삶
을 되돌아봐도 부끄럽지 않은 사람이 되고 싶은 게 제 꿈이에요.
더 나아가 자랑스러운 엄마가 되려면 솔직하지 않을 수 없고 열심
히 살지 않을 수가 없겠죠?"

뚝뚝 분질러 만든 나뭇가지와 도끼로 쪼개 만든 장작을 아궁이
에 넣으면 어떤 장작이 더 오랫동안 불에 탈지는 자명하다. 작든
크든 수많은 시련을 비껴갈 수 없는 우리 인생도 여러 상황에서
이 장작을 닮아 있다. '도끼 맛을 본 장작'이 더 화력이 세다는 것
을 인정한 사람은 비로소 긍정적인 후회를 통해 과거의 잘못을 털
어낸다. 그러고는 생의 고비마다 더 세고 오래 타는 화력을 갖추
기 위해 새로운 발걸음을 뗀다.

나는 그녀가 그런 장작이 되어 더 큰 화력으로 오래 탈 것이라
믿는다. 그녀는 지금도 충분히 강하기 때문이다.

함께 쌀국수를 먹고 커피숍으로 자리를 옮기는 동안 우리는 영화 이야기를 했다. 「브레이브 하트」 같은 영화를 좋아한다는 그녀와 '혼자 영화 보는 재미'에 대해 공감하는 것을 시작으로 많은 이야기를 나눴다.

눈 처진 사람에게 "도를 아십니까?" 하며 접근하는 사람이 많다는 것에 공감했고, 성실하지 않은 사람에 대해 느끼는 불편한 감정에 대해서도 공유했다. 어떤 이야기에도 전혀 사장 같아 보이지 않는 그녀의 순한 눈은 참 진실했다. 그녀는 원칙과 신뢰 속에서 자신과 삶을 단단하게 일구어가고 있었다.

마감할 것이 있다며 다시 회사로 들어가는 그녀를 보며, 자신의 삶의 방향을 확고히 정하고 성실하게 그 길을 가고자 하는 그녀에게 삶은 더 이상 배반하지 않을 것이라는 생각이 들었다. 아니, 그래야만 한다.

눈 처진 사람으로서 동질의식에서 나온 편애일까. 아니면 '정의는 승리한다' 는 진리가 맞음을 보며 대리만족이라도 하고 싶은 것일까. 어느 쪽이든 상관없다. 나는 그저 세상이 그녀처럼 성실히 사는 사람을 마음껏 편애해주기를 진심으로 바랄 뿐이다.

주홍글씨를 지우고
희망을 새기다

연변과학기술대학의 정진호 교수가 쓴 『치유의 꿈, 루카스 이야기』에 아주 인상 깊은 내용이 있다. 2001년 6월 캐나다의 신앙 공동체 데이 브레이크에서 있었던 실화다.

어느 장애인 부부가 있었다. 서로 극진히 사랑하는 그 부부는 아이를 간절히 원했지만, 그들의 바람이 이루어지기까지는 오랜 기다림이 필요했다. 잇따른 두 번의 유산은 그들의 마음을 몹시도 아프게 했다. 하지만 포기하지 않았다. 어렵게 들어선 세 번째 아이를 위해 기도하던 중 부인에게 또다시 이른 통증이 찾아왔다. 그들은 황급히 병원을 찾아갔고, 의사는 다행히 아이가 살아 있다고 안심시켜주었다. 그러나 기쁨도 잠깐, 놀란 가슴을 쓸어내리던 그들에게 정밀검사 결과를 가지고 돌아온 의사는 단호하게 이야기를 꺼냈다.

"당신의 뱃속 아이에게 심각한 장애가 발견되었습니다. 지금 당장 인공유산을 시켜야 합니다."

아이의 뇌가 골 밖으로 나와 있는 치명적인 장애였다. 이런 경우에는 아이가 다행히 잘 자라 세상에 나온다 해도 아무것도 먹지도 마시지도 못할 뿐 아니라 호흡 장애를 일으킬 것이기에 아마도 15분을 살기가 힘들 거라고 했다. 갑자기 청천벽력 같은 말을 들은 부부는 순간 아연실색하여 어찌할 바를 몰랐다. 얼마나 기다리던 아이인가! 지난 몇 주 동안 얼마나 애틋하게 사랑하며 어루만지던 생명인가! 그런데 내 손으로 죽여야 하다니! 도무지 그럴 수가 없었다.

그들은 의사에게 아이를 뱃속에서 계속 키우겠다고 말했다. 하지만 의사는 냉정하게 그럴 수 없다고 잘라 말했다. 아이를 낳은 후 받게 될 상처는 지금 아이를 유산시키며 받을 상처보다 훨씬 더 클 것이므로, 의사인 자신의 충고를 받아들이라고 말했다. 그러나 그 부부는 차마 생명을 죽일 수가 없었다. 의사는 화를 냈지만 그들은 결국 아이를 키우기로 결정했다.

집으로 돌아온 부부는 뱃속 아이의 이름을 루카스라고 지었다. 그리고 그들에게 주어진 몇 달의 시간을 루카스를 위해 최선을 다해 살았다. 그들은 매일 루카스에게 아름다운 음악을 들려주었고,

배를 만지면서 매일 그 아이와 깊은 영적 대화를 나누었다. 루카스가 살아 있음이 느껴질 때마다 그들은 감격했으며 감사했다. 아이의 심장 박동을 느낄 때마다 부부의 애절한 사랑이 루카스의 혈관을 타고 흘러 들어가는 것만 같았다.

마침내 출산의 날이 다가왔다. 두려움이 엄습했지만 감격 속에서 아이를 받았을 때, 부부는 세상에서 가장 아름다운 아들의 얼굴을 볼 수 있었다. 어쩌면 그렇게 예쁘고 사랑스러울 수 있는지. 하지만 아이의 머리 뒤쪽에는 뇌가 삐져나온 주머니가 달려 있었다. 의사의 충고에 따라 부부는 최대한 밀착하여 루카스를 안아주었다. 부모의 피부 접촉이 아이의 생명을 조금이나마 연장시킬 수 있을지 모른다는 생각에서였다. 루카스가 부모의 사랑을 조금이라도 더 느낄 수 있도록 그 어린 핏덩이를 배 위에 올려놓고 보물처럼 껴안아주었다. 따뜻한 온기가 느껴졌다. 루카스는 힘겹게 숨을 몰아쉬면서도 평온하게 잠든 것처럼 보였다.

예상했던 15분이 지나갔다. 그런데 30분이 흐르고 한 시간이 지나도록 루카스는 가쁜 숨을 몰아쉬며 살아 있었다. 두 시간, 세 시간이 지나자 의사는 더 이상 병원에서 할 일이 없으니 집으로 데려가라고 했다.

그렇게 루카스를 집으로 데리고 온 부부는 그날부터 해줄 수 있는 모든 것을 해주었다. 사랑하는 자식을 위해 부모가 평생 할 수 있는 일들을 모아놓은 것 같은 나날이었다. 루카스를 조심스레 닦아주고, 매일 선물을 안겨주었으며, 공동체 식구들을 불러 날마다 작은 파티를 열었다. 많은 사람들이 루카스를 보고 기뻐하며 사랑의 말을 건넸고, 서로 위로하면서 위로받았다. 그렇게 아름다운 날들이 지나가며 결국 루카스에게 주어진 마지막 시간이 다가왔다.

루카스는 기적처럼 17일을 살아냈다. 부부는 사랑하는 아들의 죽음을 아프지만 담담하게 지켜보았다. 루카스를 떠나보내던 날, 데이 브레이크에서는 사랑하는 공동체 식구들과 함께 루카스의 장례식이 조촐하게 진행되었다. 단 위에 놓인 작디작은 관 안에 어여쁜 루카스의 시신이 들어 있었다. 모두가 그의 죽음을 애도하며 슬퍼했다. 예식이 끝나고 루카스에게 작별을 고해야 하는 시간이 다가왔다. 앞으로 걸어 나와 관 앞에 선 루카스의 부모는 잠시 침묵하다가 입을 열었다.

"루카스와 함께한 지난 9개월은 참으로 소중하고 아름답고 행복한 시간들이었습니다. 그 시간 동안 우리는 루카스와 얼마나 많은 사랑과 대화를 나누었는지 모릅니다. 지금도 우리는 루카스를 사랑하고 있습니다……."

그들은 차분하게 말을 이어나갔고, 마지막으로 루카스의 아버지가 이야기했다.

"저는 루카스로 인해 비로소 아버지가 될 수 있었습니다. 저를 아버지로 만들어준 내 아들에게 정말 감사합니다. 루카스는 사랑하는 아들의 고통과 죽음을 지켜보는 아버지의 마음도 알게 해주었습니다."

이 이야기를 읽으며 고귀한 하나의 생명은 그 자체로 존중받아야 함을 다시금 가슴에 새겼다. 모든 사람이 반대한 출산, 환영받지 못한 아이의 출생, 하지만 아이는 부모의 헌신적인 사랑과 주변 사람들의 관심 속에 자기에게 허락된 시간을 행복으로 충만하게 채웠다. 이 세상에 축복받지 못할 존재가 어디 있으며, 귀하지 않은 생명이 어디 있을까.

소중한 생명을 위해 스스로 새긴 주홍글씨

눈에 넣어도 아프지 않을 다섯 살짜리 아들을 오늘도 유치원에 데려다주고 일터로 향하는 가위손의 한연희 씨는 미혼모다. 그녀는 하나의 존귀한 생명을 책임지기로 선택한 뒤 전혀 다른 세상의 블랙홀에 빠져든 장본인이다.

아이의 아빠는 한 모임에서 만나 친하게 지내던 사람이었다. 한창 사귀다 결혼 이야기가 나올 때쯤 그는 이유없이 떠났다. 그와 헤어지고 얼마 뒤, 임신했다는 사실을 알았지만 그렇다고 남자에게 알릴 마음은 없었다. 그의 삶에 '불륜'이라는 이름으로 끼어드는 것도 불쾌했고, 아이를 핑계로 남자의 발목을 붙잡기에는 사랑도 식은 상태였기 때문이다.

어디서 그런 용기가 생겼는지 모르지만 그녀는 자기 안에서 꿈틀거리는 생명을 느끼며 아이를 낳아서 키우겠다고 결심했다. 하지만 생명에 대해 책임지기로 한 순간부터 현실은 무섭게 돌변했다. 가장 힘든 것은 가까운 사람들에게 받는 냉대, 이해받지 못하는 답답함이었다.

"언니, 제정신이에요? 어떻게 여자가 혼자 아이를 키워요. 늦기 전에 얼른 지우세요."

제일 친한 후배에게 임신 사실을 알렸을 때 돌아온 대답은 무척이나 차가웠다. 배가 불러오면서 가뜩이나 무섭고 혼란스러워 누군가 자신의 선택을 지지해주기를 바랐건만 지지는커녕 아이를 지우라니…….

어쩔 수 없이 피붙이인 오빠에게 연락을 했다. 가족 중에서 그나마 오빠가 가장 잘 이해해줄 것 같아 용기를 내어 약속 장소로 나갔다. 그러나 몇 달 만에 만난 오빠는 그녀의 불룩해진 배에서 시선을 떼지 못하더니 충격을 받은 듯 아무 말도 하지 않은 채 그냥 뒤돌아 가버렸다. 그러고는 전화번호를 바꾸어버렸다.

미혼모가 되는 순간, 모든 관계가 깨지고 외톨이가 된다는 사실을 그녀는 비로소 깨달았다. 자의든 타의든, 엄마와 아기 모두 배타당하는 현실은 가혹하기만 했다. 그녀가 그렇게 누구에게도 이해받지 못하고, 환영받지 못하는 서러움에 밀려 자포자기의 심정으로 간 곳은 바로 미혼모 보호 시설이었다. 가족들에게까지 외면당할 때 그녀를 받아준 곳이다. 가까운 사람들에게 '주홍글씨'가 찍힌 뒤 '쓸모없는 존재'가 된 듯한 자괴감에 빠져 있을 때 그곳에서 들은 여성학 강의는 그녀에게 큰 힘이 되었다.

"남자들이 아버지로서 책임지지 않은 것을 여자인 당신이 책임

지는 것입니다. 한 생명에 대해 책임을 지는 사람이 왜 부끄러워해야 합니까? 부끄러워해야 할 사람은 책임을 지지 않은 사람입니다. 그러니까 당당하세요."

이 말은 그녀에게 '엄마'로서의 정체성을 회복시켜주었고, 가족들에게 외면당한 서러운 마음도 어루만져주었다.

점점 산달이 다가오자 가족들 중 누군가에게는 말해야 해서 다시 오빠에게 메일을 보냈다. 그런데 보호 시설로 찾아온 오빠는 다짜고짜 "병원을 알아뒀으니 수술부터 하자"고 했다. 펄쩍 뛰는 그녀를 달래고 윽박지르다가 나중에 타협안으로 내놓은 것이 '입양'이었다.

오빠는 "부모님이 너를 막내라고 얼마나 애지중지하며 키웠는지 생각해봐라. 이런 배신이 어디 있냐" 하며 그녀를 설득했다. 부모 이야기 앞에서는 마음이 약해지는 것이 인지상정이다. 부모님이 받을 충격과 배신감을 생각하자 다시 갈등이 생겼다. 그렇게 아이를 낳아 키울 것인지 입양을 보낼 것인지 결정을 내리지 못한 상태에서 아기가 태어났다.

오빠는 갓 태어난 아기를 데려갔고 그녀는 혼자 보호 시설로 돌아왔다. 아무것도 변한 것이 없는데 아기만 없어진 세상, 그것은 세상이 전부 사라진 것 같은 끔찍한 느낌이었다. 아기를 생각하며, 또 아이를 보낼 수밖에 없는 자신을 생각하며 울고 또 울었다. 그러나 마지막으로 내린 결론은 다시 아기를 데려오는 것이었다. 다시는 아이를 떼놓지 않으리라 결심한 뒤 그녀는 '엄마'가 되기 위해 강해졌다.

아이를 낳은 뒤 100일이 지나면 보호 시설을 나와야 하기 때문에 그 이후에는 중간 시설인 모자의 집에 갔다. 그리고 그곳에서 정식으로 미용을 공부하고 자격증에 도전했다. 전국대회에서 금상을 수상했는데도 시험 운이 없었는지 두 번이나 낙방을 경험했다. 하지만 아이와 자신의 미래가 걸려 있는 일이니만큼 포기할 수는 없었다. 드디어 세 번째에 합격하고 일사천리로 직장까지 얻은 그녀는 의욕적으로 일을 시작했다. 덕분에 아이는 6개월 때부터 놀이방에 다녀야 했지만 함께 살기 위해서는 어쩔 수 없었다. 엄마와 아이 모두 조금씩 희생하는 수밖에.

살기 위해 발버둥을 치던 그때, 그녀는 가족의 품이 그리웠다. 그런데 그즈음 오빠가 아버지에게 그녀의 출산 소식을 전했다. 어느 정도 폭풍이 일 거라 예상은 했지만 그날로 아버지는 집 전화번호도 바꾸고 가족들에게 그녀와의 접촉 금지령까지 내렸다.

당시 그녀는 아이의 출생신고조차 못 한 상황이었다. 이럴 때일수록 부모님께 말씀드리는 것이 도리라 생각해 찾아뵈려 했지만 아버지는 완강하셨다. 할 수 없이 그녀는 아이를 자신의 호적에 올렸다. 내 아이가 우선이었기 때문에 밀어붙였는데 그 소식을 들은 아버지는 충격을 받고 쓰러지셨다.

아버지가 수술을 받으시던 날, 아이를 안고 병원에 찾아갔다. 부모의 마음을 아프게 했다는 죄책감과 속상함에 용기를 내어 찾아갔건만 돌아온 것은 식구들의 냉대뿐이었다.

"네가 무슨 자격으로 여기에 왔니!"

"가족들한테 네가 얼마나 해가 되는지 알아?"

어머니와 언니들은 모진 말로 그녀의 마음을 헤집었다.

눈이 펑펑 내리던 그날, 아버지는 만나보지도 못한 채 아이를 안고 뒤돌아 오던 그 심정은 지금도 뭐라 표현할 수 없을 정도로 참담했다. 그리고 가족들에게 부끄럽지 않은 사람, 진짜 책임감 있는 사람이 되기 위해 이를 더 악물었다. 아무리 몸이 아파도 결근이나 조퇴 한 번 하지 않고 다른 직원보다 더 부지런히 움직이며 열심히 일했다.

그렇게 어느 정도 돈을 모은 뒤 그녀는 그곳에서 독립하기로 결정했다. 자신보다 더 어려운 상황에 처한 미혼모들을 위해 일찌감치 나오기로 한 것이다. 하지만 나오자마자 높은 현실의 벽에 부딪혔다.

돈 500만 원을 들고 집을 구하러 다니다가 길에서 엉엉 운 적이 한두 번이 아니었다. 아토피가 있는 아이 때문에 볕드는 집이기만 하면 좋겠다고 생각했는데 그 돈으로 조건에 맞는 집을 구한다는 것은 하늘의 별 따기였다. 월세 방 하나조차 마음대로 구할 수 없는 처지가 되고 보니 밑바닥에 서 있다는 사실이 처절하게 실감났다. 게다가 스카우트 제의를 받고 옮긴 미용실에서는 3일 만에 나오는 악재까지 겹쳤다. 그녀가 싱글맘이라는 사실을 안 직원들이 얼마나 막살았기에 미혼모가 되었느냐며 대놓고 비아냥거린 것이다. 사람을 겪어보지도 않고 함부로 판단하는 사람들에게 질려서 짐을 챙겨 나와버렸다. 억울하고 화가 나서 견딜 수가 없었다.

"다른 사람처럼 살지 않으면 '문제가 있다'고 여기는 사람들의 시선은 나를 나답게 하지 못하고 자꾸 위축되게 만들어요. 그냥 그 사람의 삶과 선택을 존중해주는 것이 왜 그렇게 어려울까요."

그뿐만이 아니다. 몇 년 전 싱글맘이 사회 이슈로 떠오르면서 미혼모에 대한 경제적인 지원이 막 시작된 때였다. 경제적 도움이 절실한 상황이라 그녀는 자존심을 접고 복지관에 찾아가 어렵게 이야기를 꺼냈다. 그런데 복지관의 담당 여자 복지사가 단번에 "결혼도 안 하고 남편도 없이 왜 아이를 낳았어요?" 하면서 이해할 수 없다는 반응을 보이는 것이 아닌가. 도움을 받기 위해 찾아간 곳에서, 그것도 같은 여자에게 행실이 바르지 못한 여자 취급을 당하는 것은 매우 충격적이고 비참한 일이었다. 하지만 불행하게도 그것은 시작에 불과했다.

한번은 인권 관련 매체에서 인터뷰를 요청해 좋은 마음으로 나갔다. 그런데 취재하던 여기자가 사람을 바로 눈앞에 두고, 막살아서 그렇게 된 게 아니냐고 했다. 그길로 바로 인터뷰를 접었다.

어느 엄마는 아기가 태어난 지 8개월로 접어들었을 때 동사무소에 수급 신청을 하러 갔다가 사회복지사로부터 차라리 입양을 보내라는 모진 소리를 듣고 펑펑 울었다고 한다. 자신이 떳떳하다고 해서 다른 사람도 자신을 그렇게 봐주지는 않았다. 그것이 미혼모들이 겪어야 하는 냉혹한 현실이다.

비 온 뒤에 땅이 굳어진다는 말이 있지만 당시 그녀에게는 해당

되지 않았다. 상처받고 또 상처가 나고, 그럴 때마다 아프고 힘들었다.

"이혼을 바라보는 데에는 두 가지 시선이 있어요. 너무 잘나서 이거나 혹은 못나서. 그런데 미혼모들은 잘났거나가 없어요. 무조건 '오죽하면', '얼마나 막살았으면' 하는 것들이 제일 많죠."

편견을 극복하기 위해서는 그렇게 생각하는 사람들에게 보란 듯이 잘 사는 것밖에 없다. 하지만 미혼모들은 경제적인 어려움과 양육의 부담에다 사회의 따가운 시선까지 짊어져야 한다. 직장 생활은 근무 시간에 제약을 받기 때문에 아이를 양육하기 어렵고, 그런 것을 감안해 시간제 근무로 일할 경우에는 월급이 적다는 딜레마가 있다. 이런 현실을 고려할 때, 가장 이상적인 해결 방법은 창업이다. 아이를 양육하며 경제적 여유를 갖는 것. 그 두 가지를 한꺼번에 잡을 방법은 창업밖에는 없다. 그래서 그녀도 어느 누구보다 창업에 대한 필요성이 절실했다.

희망의 촛불로 편견의 어둠을 사라지게 하다

작년 10월, 다행히 그녀는 희망가게를 하면서부터 꿈꾸던 환경을 가질 수 있었다. 하루하루 숨이 턱에 차듯이 숨 가쁘게 살던 때에 비하면 지금은 훨씬 여유로워졌다. 이제 저축을 하면서 미래에 대한 계획을 세울 수 있다는 사실이 꿈만 같을 뿐이다.

가위손

여전히 사람들의 시선이 부담스럽기는 하다. 친해지면 남의 집 밥숟가락의 개수까지 궁금해하는 우리나라 사람들의 정서상 둘러대고 숨기는 것에도 한계가 있기 때문이다. 한 번은 가족처럼 친하게 지내던 언니에게 사실을 말하고 난 후 관계가 서먹해진 적도 있다. 다른 사람에게 그녀에 대한 이야기를 아무렇지도 않게 하고 다니는 것까지는 그냥 넘어갔는데 아이를 불쌍하게 보는 것은 참을 수가 없었다.

이런 일들이 반복되면 모든 인간관계에서 자꾸 상대방을 의심하고 피해의식을 가질 수밖에 없다. 하지만 그녀도 알고 있다. 이제 이런 일들에 대처할 굳은살이 필요하다는 것을.

그래서 그녀는 부족함 대신 충만함을 인식하려고 노력한다. 돌아보면 그동안 채워진 것이 훨씬 더 많기 때문이다. 일요일에는 아이와 같이 시간을 보낼 수 있다는 점도 오랜 동안의 간절한 소망이었고, 그녀가 '사장'이 된 것도 얼마나 업그레이드된 일인가. 또 남의 가게에서 일할 때는 아이를 데려온다는 것을 엄두도 낼 수 없었는데, 지금은 아이가 유치원에 다녀와서 함께 있을 수 있고 바쁠 때는 손님들이 아이와 놀아주기도 하니 얼마나 다행인지 모른다. 시설에서 아무것도 없이 막막하게 생활하던 때에 비하면, 방을 구하러 이리저리 다니다 길에서 울던 때에 비하면, 퇴근 시간이 지나도 말하지 못하고 유치원에서 혼자 기다리고 있을 아이 생각에 발만 동동거리던 때에 비하면 지금은 참 많은 것들이 갖추어져 있다. 게다가 아이의 존재를 알게 된 아이 아빠가 정기적으로 양육비를 보내며 가끔 놀아주기도 하는 등 적당한 선에서 아빠 노릇을 해주고 있다는 점도 큰 변화 중의 하나다.

이렇듯 생활이 조금씩 안정을 찾아가면서 가족들과도 자연스럽게 화해할 수 있었다. 어머니는 "정 힘들면 이야기해라. 형제가 네 명이니까 500만 원씩 보태도 2천만 원이다"라고 말했지만 지금처럼 자신의 힘으로 살겠다고 말씀드렸다. 길바닥에 나앉지 않는 한 다른 사람에게 손 벌리지 않겠다고 했더니 어머니는 이제야 철이 들었다며 웃으셨다. "아이 하나 더 낳으면 더 철들겠네" 하는 우스갯소리까지 할 정도로 어머니의 마음은 많이 녹았다.

처음 가게를 시작할 때는 지방에 사는 언니와 형부가 찾아와 축하해주었다. 형제들은 서울에서 번듯하게 자기 가게를 운영하고 있는 모습을 보고 놀랐고, 가족들의 도움 없이 혼자 열심히 사는 모습을 보며 그녀의 선택과 삶을 인정해주었다. 가게 덕분에 그녀는 가족 앞에 당당할 수 있었다.

그녀는 지금 한 미혼모와 함께 살고 있다. 엄마는 대인 기피증을 앓고 있고, 아이는 아빠의 폭력을 본 뒤로 충격을 받아 언어와 발달 장애가 있는 상태다. 치료가 필요한 사람들이라 보듬어줘야겠다는 생각이 들어 함께 살기로 한 것이다. 누가 시킨 일도 아니고, 쉬운 일도 아닌데 그녀가 이렇게 하는 이유는 간단하다.

"저만 잘 산다고 해결되는 게 아니잖아요. 모두 잘 살아야 해요. 그런 의미에서 서로 도와주고 세워줘야 한다고 생각하고요. 그래서 저를 위해 하는 거나 다름없어요."

가위손
ㅌ
쉬머리

그런 그녀에게 꿈이 있다면 다른 미혼모들에게 미용 기술을 가르쳐주는 것이다. 그 기술을 통해 그들이 자신감을 얻을 수 있다면 그것으로 만족한다.

그녀는 보호 시설에 있을 때 그곳 원장님이 엄마들에게 옷을 사라고 선뜻 돈을 내주시는 것을 보고 깜짝 놀랐다. 일하러 나가는 사람이 아무렇게나 하고 다니면 안 된다면서 원장님은 사비를 털어 옷을 사주셨다. 그때 엄마들을 바라보는 원장님의 따뜻한 시선이 느껴져 자신도 나중에 그런 사람이 되고 싶다는 생각을 했다. 그래서 그녀도 자신이 할 수 있는 일로 다른 미혼모들을 돕고 싶은 꿈을 꾸는 것이다.

더불어 그녀는 자신에게 만족하는 사람이 되고 싶다. 그러면 아이도 엄마를 멋있다고 생각할 테니까. 그래서 가끔 상상해본다.

"전 싱글맘이지만 아이가 이렇게 잘 컸습니다. 그리고 저도 이 정도로 성공했습니다!"

훗날 누구 앞에서든, 어떤 장소에서든 이렇게 말하는 자신의 모습을 상상하는 것만으로도 신이 난다.

자신도 풍족한 상황이 아니면서 다른 사람을 돌보며 그 사람의 행복을 위해 자신의 것을 나누는 한연희 씨. 그녀는 그 나눔에 놀라운 비밀이 숨겨져 있음을 알고 있을까. 세상의 그 어떤 성공도, 가치도, 의미도, 행복도 나보다 남을 먼저 생각할 때 찾아온다는 그 비밀을. 그런 의미에서 그녀는 이미 성공에 한 걸음 더 가까이 다가가고 있는 셈이다.

어쩌면 그녀는 지금 소금이 되어가는 중인지도 모른다. 수많은 고통의 풀무질과 시선의 폭력 속에 달구어지면서 순도가 높아지는 천일염처럼 많은 곳에 유용하게 쓰이는 소금. 그녀라고 자기 연민이나 엄살에 젖어들려 할 때, 혹은 자신의 고통만을 응시하면서 좁은 우물에 빠져들려 할 때가 왜 없었겠는가. 또 고통에 대한 여러 상투적인 위로 앞에 반감이 치솟거나 냉소적이 될 때도 많았을 것이다. 그러나 그런 인생사의 여러 장애물들 속에서 그녀는 자신을 잘 삭혀내고 있는 중이다. 그것은 어설프게 썩는 것과는 확연히 다르다.

난 그녀가 진정한 천일염이 되어 이 세상에서 편견으로 마음 아파하는 곳에 골고루 쓰이는 사람이 될 거라 믿는다.

첫 만남 후 3개월 여 만에 다시 만나기로 한 날 아침, 그녀에게서 문자가 왔다.

"아이가 아파서 병원에 들렀다 가야 해요. 약속 시간을 30분만 늦춰주실래요?"

아이가 아프다는 말에 걱정을 하며 가게에 갔는데 그녀는 없고 한 여자 분이 앉아 있었다. 대신 가게 문을 열어준 단골손님이었다.

곧이어 그녀는 아이와 함께 들어왔다. 겉으로는 괜찮아 보여서 감기 정도를 앓았나 보다 하며 아이의 상태를 물었다가 생각지도 못한 대답에 깜짝 놀랐다.

"3주 전에 대장 수술을 받았어요. 지금 경과를 보고 있는데 재발하면 항암치료를 받아야 한다니까 조심해야죠."

예상보다 아이가 많이 아프다는 것에 놀랐고, 그럼에도 씩씩한 그녀의 모습에 또 한 번 놀랐다.

"어른이나 아이 모두에게 참 잘해요. 울던 아이도 여기 오면 뚝 그칠 정도니까요."

이야기를 나누는 동안 옆에서 아이를 봐주던 손님이 툭 던진 말이다. 조금 뒤에는 주변 상점 주인인 듯한 분이 와서 아침에 드라이를 잘못했다며 간단한 손질을 부탁했고 연이어 염색 손님이 들어왔다. 그렇게 그녀의 일상이 분주하게 시작되었다.

　혼자 아픈 아이를 데리고 이리저리 뛰어다니면서 얼마나 마음을 졸였을까, 그러면서도 끊임없이 밀려드는 손님들을 대해야 하는 마음이 얼마나 고단할까. 내 생각의 한계는 여기까지였는데 그녀는 역시 달랐다.

　"제가 인복이 참 많아요. 그래서 옆에서 많이 도와주세요. 아이를 봐주시기도 하고, 집 청소까지 해주는 동생도 있다니까요."

　그녀는 여전히 긍정적인 마음으로 모든 시간을 아름답고 행복하게 채색하고 있었다.

평범한 일상에
가장 큰 행복이 있어요

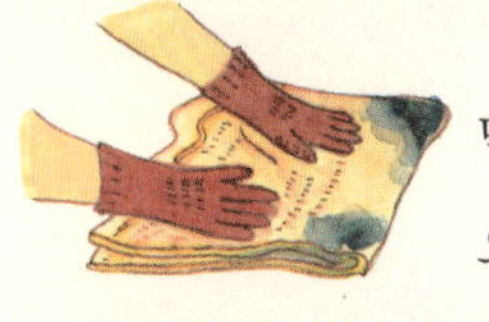 막막한 상황에서 무너지는 가슴 붙잡느라 앞으로 살아갈 방법 궁리하느라, 그녀는 이미 금이 가버린 딸아이의 마음에 상처가 깊어지는지도 몰랐다. 한창 어리광부릴 나이에 엄마 곁에서 떨어져, 어린 동생을 돌봐야 했던 그 아이는 혼자서 얼마나 외롭고 아팠을까. 아이의 마음을 헤아려 보자니 쉴리 프뤼돔의 시 「금 간 꽃병」이 생각났다.

이 마편초꽃이 시든 꽃병은
부채가 닿아 금이 간 것.
살짝 스쳤을 뿐이겠지
아무 소리도 나지 않았으니.

하지만 가벼운 상처는 하루하루 수정을 좀먹어들어

보이지는 않으나 어김없는 발걸음으로

차근차근 그 둘레를 돌아갔다.

맑은 물은 방울방울 새어나오고

꽃들의 향기는 말라들었다.

손대지 말라, 금이 갔으니.

곱다고 쓰다듬는 손도 때론 이런 것

남의 마음을 스쳐 상처를 준다.

그러면 마음은 절로 금이 가

사랑의 꽃은 말라죽는다.

사람들의 눈에는 여전히 온전하나

마음은 작고도 깊은 상처에 혼자 흐느껴 운다.

금이 갔으니 손대지 말라.

엄마와 아이가 함께 상처를 치유하다

오케이워시의 김강자 씨는 어느 날 집에서 못 보던 아이의 신발을 발견했다. '신발을 살 돈이 없었을 텐데……' 하는 생각이 스치는 순간 불길한 예감이 들었다. 두 딸을 앉혀놓고 물어보자 학원에서 다른 아이의 신발을 몰래 가져왔다고 이야기했다. 하늘이 무너지는 느낌이었다. 그래도 '어린 마음에 호기심으로 그랬겠지'

하고 마음을 추스르며 아이를 엄하게 혼내는 것으로 마무리했다.

그리고 얼마 뒤, 퇴근길에 동네 아주머니 한 분이 그녀를 불러 세웠다. 엄마가 밤에 일하러 나가 있는 동안 첫째아이가 자기보다 열 살이나 어린 동생을 데리고 동네를 돌아다닌다는 것이었다. 일 하러 나가면서 저희끼리 텔레비전을 보다가 잠들겠지 생각했는데 아주 위험천만한 상황이 벌어지고 있었던 것이다.

상황을 파악한 그녀는 앞으로는 그러지 말라고 아이들을 호되게 야단쳤지만 그저 그때뿐, 큰아이의 위험한 외출은 좀처럼 고쳐지지 않았다. 게다가 어느 날엔가는 밤에 나갔다가 만난 유기견을 집으로 데려오기까지 했다. 엄마가 나가고 나면 무서워서 데려왔다고 했지만 아이는 도무지 이해할 수 없는 행동으로 그녀의 마음을 흔들었다.

도대체 어디서부터 잘못된 것일까.

남편은 생활 능력이 없는 데다가 폭력적인 사람이었다. 그러다 보니 그녀는 더욱 억척스러워질 수밖에 없었다. 답답한 마음에 남편에게 모진 말로 상처를 주기도 했다. 그러다 골이 깊어져 서로 헤어지기로 결정했지만 그 뒤의 홀로서기는 더욱 만만치 않았다.

남편과 살면서 진 빚을 떠안고 이혼한 것부터 불안한 출발이었다. 살던 방을 빼서 차린 식당이 장사가 잘 되지 않아 모든 게 휘청거리고 말았다. 나가는 돈이 들어오는 돈보다 항상 많기 때문에 빚은 계속 쌓여갔고 결국 1년 4개월 만에 가게를 접을 수밖에 없었다. 잘할 수 있다는 자신감이 있던 터에 겪은 생각지 못한 실패라 당혹감은 상당히 컸다. 그 충격 때문에 더 이것저것 가리지 않고 일하러 다녔다. 이어 동네 버스 회사 구내식당에서 일하고, 남는 시간에는 아르바이트까지 하면서 조금씩 빚을 갚아나갔다. 그런데 갑자기 회사 사정이 나빠져 1년 만에 또 접어야 했다.

그녀의 억척스러움과 성실함을 눈여겨본 전 회사 사장님이 그녀의 사정을 알고 세차장 사업을 권유하셨다. 자신이 해본 결과 자본과 인건비가 적게 들기 때문에 괜찮을 거라고 얘기했지만 당시에는 그 적은 자본조차도 없어 포기해버렸다. 이후 작은 회사에 들어간 그녀는 수당을 많이 받는 야간 근무를 선택했고, 저녁 7시에 출근해서 아침에 퇴근하는 생활을 시작했다. 비록 비정규직이었지만 월급이 많았던 터라 일요일에도 휴일 근무를 자청하며 돈 되는 일에는 몸을 아끼지 않았다. 이렇게 조금만 열심히 일하면 곧 경제적인 안정을 찾을 수 있을 것 같았다. 그런데 이런 생각으로 그녀가 돈을 벌기 위해 불철주야 뛰어다니는 동안 불똥은 예상치도 못한 곳으로 튀고 말았다. 바로 아이들이었다.

큰아이는 근본적으로 마음에 상처가 있는 아이였다. 큰아이가 돌 무렵에 접어들었을 때 봉제 일을 하던 그녀는 먼지가 많이 쌓인 방에 아이를 들어오지 못하게 했다. 엄마 아빠를 보고 반가워서 신나게 기어오던 아이가 느낄 거부감과 박탈감은 생각하지 못한 것이다. 그것이 아이를 위하는 일이라고 생각했기 때문이다. 게다가 아빠의 강압적인 성격도 아이에게 상처를 입히는 데 한몫했다.

큰아이가 세 살쯤 되었을 때부터는 아침 일찍 어린이집에 맡겼

다가 밤늦게 데려오곤 했다. 자식을 잘 키우기 위해 열심히 돈을
벌러 다녔지만 정작 아이에게는 장난감조차 풍족하게 사주지 못
했다. 애정과 관심의 결핍, 욕구가 충족되지 않는 환경에서 자란
아이는 잔뜩 주눅이 들어 갖고 싶은 것이 있어도 제대로 말하지
못하는 소극적인 성격으로 변했다. 그리고 자신의 욕구를 몰래 훔
치는 것으로 해소했던 것이다.

엄마가 열심히 살면 아이들도 무조건 잘될 거라고 안일하게 생
각한 것이 실수였다. 또 아이들을 잘 키우기 위한 최선의 방법이
라고 스스로를 위안한 것도 방심을 불렀다. 그렇게 사느라 바빠서
신경 쓰지 못했는데 어느 날 돌아보니 아이의 마음의 병은 꽤 깊
어진 상태였다. 한 번 깨어진 마음을 다시 회복하기까지는 많은
시간과 노력이 필요하다. 특히 어릴 때 받은 상처는 사춘기를 거
치면서 더 깊어질 확률이 매우 높다. 그것을 치료할 수 있는 방법
은 오로지 빨리 돌이키는 것뿐이다.

그때, 아이의 상처를 알았을 때 멈췄어야 했는데 그러지 못했
다. 금이 가버린 아이의 마음을 보면서도 일을 줄일 수 없는 형편
이었기 때문이다. 혼자서 빚을 갚아가며 생활하려면 어쩔 수 없는
일이었다. 그래서 아이들을 고향에 계신 친정 부모님께 맡기기로
했다. 할아버지 할머니와 함께 지내면 정서적으로 좀 더 안정될
수 있겠다 싶어서였지만, 헛수고였다.

오히려 엄마의 감시에서 벗어났다고 생각해서인지 아이들은 더
욱 통제 불가능한 상태가 되어버렸다. 마트에 가서 몰래 강아지

용품을 훔쳐오고 툭하면 집을 나가는 등 외가에 정을 붙이지 못하고 밖으로 나도는 통에 할아버지 할머니가 백기를 들었다. 계속 그렇게 지내다가는 딸아이의 인생이 망가질 것 같았고, 마침 그즈음 비정규직에서 정규직으로 전환되어 아이들을 데려와 돌볼 수 있었다. 하지만 산 넘어 산이라고, 한 가지가 해결되면 또 다른 문제가 꼭 따라붙었다. 정규직이 되고 얼마 지나지 않아 회사에서 정리해고를 당한 것이다. 그래서 그녀는 1년 6개월 만에 또다시 거리로 내몰렸다. 사는 것에 대한 절박함이 절정이던 그때, 생의 막다른 골목에서 만난 기회가 '희망가게'였다.

"우선 시간적으로 안정적인 생활을 해야겠다고 생각하던 참이었어요. 아이들과 대화하는 시간이 꼭 필요한데 당시 상황으로는 매달 갚아야 할 빚이 있어서 하루 종일 일할 수밖에 없었거든요. 내 가게를 하면 훨씬 안정적일 수 있다는 점도 좋았고, 나이 들기 전에 저와 아이들의 미래를 위해 높은 목표를 향해 도전해보고 싶은 마음도 컸어요. 그 소식은 저희에게 유일한 희망이었죠."

그녀는 인건비를 들이지 않고 자신이 직접 할 수 있는 일을 찾았다. 우선 식당을 운영했을 때의 실패를 거울삼아 돈을 적게 들이고 위험 부담이 적은 업종을 조사했고, 무엇보다 아이들을 우선순위에 두고 생각했다. 특별히 큰 것은 바라지도 않았다. 저녁에 아이들과 함께 밥을 해 먹을 수 있고 주말을 아이들과 지낼 수 있는 정도면 충분했다. 그때 불현듯 생각난 것이 전 직장 사장님이 권해준 세차였다. 그분의 조언을 기억해보니 세차는 그녀가 생각하는 조건에 가장 알맞은 업종이었다.

우선 자기 몸 하나만 있으면 되고, 필요한 용품을 구입하는 데도 그다지 돈이 많이 들지 않는다는 이점이 있었다. 게다가 건물 내 세차장을 운영하면 고정적인 수입이 보장될 뿐더러 보통 많은 회사들이 주 5일 근무를 하기 때문에 그녀 역시 주말에는 쉴 수 있지 않은가. '바로 이거다!' 하는 생각이 들어 그녀는 그길로 200만 원의 교육비를 내고 세차 기술을 배웠다.

일중독자처럼 살던 그녀에게 이러한 결정은 쉽지 않았다. 하지만 그녀는 그동안 자신이 불행했던 이유가 늘 부족하다고 느끼는 생각 때문이었음을 깨달았다. 비록 한 시간이 채 안 되는 시간이라도 가족이 함께 모여 이야기하고 공감하는 것, 아이의 표정과 아이의 수다에서 행복을 느끼는 것 이외에 다른 무엇이 필요한가. 생각이 거기까지 미치자 다음 일들은 순조롭게 진행되었다.

세차일을 시작하면서 다행히 퇴근 시간이 일정해지고 주말에도 쉴 수 있으니까 일상이 훨씬 안정적으로 바뀌었다. 저녁을 차려서 아이들과 같이 먹고 텔레비전을 보는 것은 지극히 평범한 일인데 지금까지 그 평범한 것을 해주지 못했다는 것이 새삼 미안했다. 천만다행으로 엄마가 집에 있는 것만으로도 아이는 안정감을 갖기 시작했다. 삶의 터전을 마련하는 동시에 가정의 회복도 함께 이루어진 것이다.

아이가 6학년 때는 아름다운재단을 통해 심리치료를 받았다. 아이에게는 꾸중과 야단보다 격려가 가장 필요하다는 상담 선생님

의 조언을 들은 뒤로, 되도록 아이를 품어주고 따뜻하게 안아준다. 그리고 "엄마는 항상 네 편이야" 하는 말로 마음껏 지지하는 것도 잊지 않는다. 그런 마음이 조금씩 전해져서인지 아이는 점점 안정을 찾으며 나아지는 중이다.

미치 앨봄은 "가족이 나를 지켜봐주고 있으리라는 것을 아는 것이 바로 '정신적인 안정감'이다. 가족 말고는 그 무엇도 그것을 줄 수 없다. 돈도, 명예도……"라고 말했다. 그래서 그녀는 아이들을 믿고 지지해주면서 가정을 평화의 장소이자 안식처로 만들기 위해 노력하고 있다.

얼마 전에는 아이들을 위해 귀여운 강아지 한 마리를 얻어 왔다. 함께 생활하기 위해 훈련을 시키는 것은 그녀의 몫인데, 대소변 가리는 것을 가르칠 때가 되어 그녀는 강아지가 아무 데나 볼일을 보면 야단을 쳤다. 그러자 그 뒤로 강아지는 그녀를 슬금슬금 피해 다니기 시작했다. 대소변도 잘 못 가리는 녀석이 그녀 때문에 침대 밑에서 나오려고 하지를 않았다. 그 모습을 보고 그녀는 딸에게 이야기했다.

"선희야, 저 강아지 보니까 너를 보는 것 같다. 잘못되었으면 고쳐야 하는데 숨어버리고 계속 잘못된 행동을 하잖아."

그러자 딸아이도 자기가 소심해서 그렇다면서 고개를 끄덕였다. 자신의 약점을 인정하는 큰아이의 모습을 보니 이제 조금씩 자아상이 회복되고 있다는 증거 같아 마음이 놓였다.

자신을 인정하고 자기 모습을 직면하는 것, 거기에서부터 치유는 시작된다. 그런데 그 작업은 딸아이에게만 이루어지고 있는 것이 아니었다. 엄마와 딸, 가족 모두가 '회복'되기 시작한 것이다. 또 이런 회복은 그녀에게 자신감을 가져다주었다. 열심히 살아도 항상 되는 일이 없었던 그녀에게, 빚을 갚느라 닥치는 대로 일만 했던 그녀에게 아이의 긍정적인 변화는 굉장한 격려가 되었다. 그 격려는 자신감을 심어주었고, 그로 인해 그녀의 인생에도 '꿈'이라는 것이 생겼다.

치열한 삶과 행복 사이의 조화와 균형

그녀는 요즘 세차장을 들어설 때마다 자신이 예전과 달라지고 있음을 느낀다. 처음 세차장에 간 날, 그곳은 너무나 커 보였다. 그런데 그렇게 크게만 보이던 공간이 지금은 좁게 느껴지는 것을 보니 이제 변화해야 할 시점이라는 생각이 든다. 그래서 그녀는 세차가 아닌 또 다른 일을 꿈꾸고, 계획을 세우고, 한 계단씩 오르기 위해 준비를 하고 있다.

그녀는 희망가게를 통해 다른 세계를 바라볼 수 있는 기회를 얻었다. 다른 희망가게 창업주들이 사업을 하는 모습을 보고 그분들의 경험을 듣는 것은 사회에 대한 안목을 넓히는 데 도움이 되기에, 직접 찾아가 의논을 하거나 조언을 얻기도 한다. 그러다보니 이제 전망이 밝은 사업이 눈에 띄기 시작했고, 그것들을 위해 그녀는 조금씩 준비하고 있다.

그녀는 분명 잘 해낼 것이다. 세차장을 오픈한 뒤 건물 안에서만 고객을 기다리지 않고 직접 찾아다닌 일로 유명해진 전력을 봐도 그렇다. 적극적으로 영업에 뛰어들어 건물에 세 들어 있는 회사를 찾아가 명함을 돌리고 인사하며 얼굴 도장을 찍었다. 뿐만 아니라 다른 건물에까지 진출했다. 옆 건물에 큰 회사가 들어왔을 때 그곳에서 정기 세차를 받으면 좋겠다는 생각이 들었다. 그래서 여기저기 수소문해서 관련 부서 사람의 연락처를 알아냈다. 그때 희망가게라는 점을 적극적으로 홍보하기 위해 아름다운재단에 연락해 도움을 요청했고 재단의 주선으로 담당자를 만난 그녀는 결국 그 회사와 계약을 맺었다. 재단의 적극적인 협력과 그녀의 근성이 만들어낸 합작품이었다.

이러한 적극적인 영업 활동 덕분에 다행히 고정 거래처를 유치할 수 있었다. 그렇게 시간이 지날수록 가게는 안정세에 접어들었고 지금은 한 단계 도약하는 시점에 이르렀다. 남아 있던 빚도 다 갚았다.

우리는 자존심 때문에 혹은 다른 사람들이 싫어할 것이라는 염려에 "도와달라"는 말에 인색하다. 하지만 적극적으로 아름다운재단에 도움을 요청해 자신의 사업을 단단하게 일구고 있는 그녀를 보니 이 말이 생각났다.

"두드려라, 그러면 열릴 것이다."

적극적인 영업 활동을 펼치고 새로운 사업 분야를 개척하느라 굵은 땀방울을 흘리는 그녀, 멈추지 않는 그녀의 도전 정신은 어디에서 나왔을까? 사실 나이 들어 새로운 일을 하는 것이 어려운 이유는 "그 일을 하기에는 너무 늦은 것 아니에요?"라는 사람들의 시선을 두려워하기 때문이거나, 나이와 어울리지 않는 미숙함을 만천하에 드러내는 것이 자존심 상해 시도조차 해보지 않기 때문인 경우가 많다. 새로운 도전을 하기 위해서는 지불해야 하는 대가가 크다는 점도 주춤거리게 하는 요소다. 하지만 그녀는 새로운 도전에 대해 "제가 얼마나 우물 안 개구리였는지를 철저히 깨달은 덕분이죠" 하고 이야기했다. 그녀는 새로 시작하는 불편함보다 작은 우물이 더 불편했던 것이다.

그녀는 초등학교 때 좋은 옷을 입고 싶다는 단순한 마음으로 장래희망 란에 옷을 만드는 일을 하고 싶다고 써낸 적이 있다. 마침 고등학교를 졸업한 뒤에는 친한 언니가 운영하는 의상실에서 일을 했고, 그것을 계기로 학원에서 의상일을 배울 수 있었다. '아이를 낳은 후에도 계속 할 수 있는 일을 하면 좋겠다'고 생각하던 차에 만난 봉제일은 평생 직업처럼 머릿속에 각인되었고, 할 줄 아는 게 재봉틀을 돌리는 일뿐이었기 때문에 다른 일은 생각하지도 못했다. 그런데 이혼을 하면서 이런 틀이 다 깨져버렸다. 세상에 못 할 일은 없었다. 단지 자신이 하지 않는 일만 있을 뿐이다. 특히 자신의 가능성을 발견하면서부터는 막연하게 꿈꾸기만 하는 것이 아니라 뚜렷한 목표를 갖고 열심히 준비하여 구체적인 계획을 세우는 것으로 바뀌었다.

잠재된 가능성의 발견, 그것이 과거의 그녀와 현재의 그녀를 구분하는 기준점이자 요즘 그녀를 물고기처럼 펄떡거리게 만드는 힘이었다. 자신감과 활력을 찾으면서 변한 것이 있다면 바로 다른 사람을 돌아보는 여유를 갖게 되었다는 점이다.

얼마 전 아는 분이 고등학교에 다니는 자녀의 등록금을 내지 못해 아이가 책을 못 받았다는 이야기를 들었다. 없는 사람의 심정은 없어본 사람이 안다고 그녀는 그분의 마음이 헤아려졌다. 그래서 이틀 동안 일해서 번 돈으로 그분을 도와드렸다. 그런데 그렇게 다른 사람이 힘들 때 도와주는 느낌이 참 신비로웠다. 태어나서 처음으로 부자가 된 것 같은 느낌, 정말 새로운 경험이었다. 주는 것이 받는 것보다 행복하고, 줄 수 있는 사람이 가장 부자라는 말의 의미를 실감하는 순간이었다.

그녀에게 요즘 가장 힘이 되는 것은 '비전'이다. 그녀는 여태껏 환경에 치여서 제대로 기를 펴고 살지 못한 아이들에게 '조금만 기다려. 엄마가 꼭 성공할게'라고 마음속으로 이야기하곤 한다.

"여기가 종착역이라고 생각하지는 않아요. 희망가게는 더 높은 곳에 올라갈 수 있는 디딤돌이 되어줄 거라 확신해요. 그래서 먹고사는 것에 만족하지 않고 더 보람 있고 더 좋은 것을 줄 수 있는 삶을 살고 싶어요."

대부분의 인간은 살면서 자신의 능력의 30퍼센트밖에 쓰지 않는다고 한다. 그러니 자신이 가진 능력이 얼마인지는 오직 끊임없는 도전을 통해 알 수 있을 뿐이다. 산에 올라보지 않고는 자신이 얼마만큼 오를 수 있는지 모르는 것처럼 말이다. 그래서 사람은 계속 자기 자신을 다그쳐야 발전할 수 있는 듯하다. 그녀도 지금 끊임없이 자신을 채찍질하고 있는 것처럼 보인다.

그녀가 제일 가슴 아픈 것은 부모의 잘못 때문에 아이들 가슴에 상처를 준 일이다. 하지만 비껴간 행복이 이제 조금씩 그 따뜻한 햇살을 비춰주고 있어 용기가 난다. 꽤 많은 시간이 필요하겠지만 아이가 회복되는 것을 기다려주고 계속 격려해주는 것은 또다시 그녀가 감당해야 할 몫이다. 무언가 특별한 일을 하기보다는 아이들과 함께 한 밥상에서 식사를 하고, 한 공간에서 뒹굴고, 엄마만이 할 수 있는 잔소리를 하고, 아이의 버팀목이 되어주기를 바랄 뿐이다. 지극히 평범한 일상인데 이 평범한 행복을 누리기까지 참 멀리 돌아왔다. 가정이 가정다워지고, 엄마가 엄마다워지며, 자녀들이 자녀답게 살 수 있는 지금, 그녀는 '꿈'까지 덤으로 얻어 행복하다.

여태까지 그녀는 누구 못지않게 삶에 대해 조급했기에 행복을 느낄 여유를 갖지 못한 채 살아왔다. 그런데 어느 순간 자신의 조급함 때문에 아이들이 불행해졌다는 사실을 깨달았다. 그리고 이제는 치열하게 사는 것과 행복하게 사는 것의 조화와 균형을 잡기 위해 노력하고 있다. 그러기 위해 가장 기본적인 원칙으로 삼은 것이 함께 밥상에 둘러앉아 밥을 먹는 것이다. 사실 별것 아닌 것 같아 보이는 일, 매일 반복되는 그 작은 일들이 얼마나 귀한지를 알았으니, 더 관심을 가지려 한다. 그런 소소함이 행복과 연결되어 있기 때문이다.

맛있는 음식을 만들어 먹으면서 함께 즐거운 시간을 갖고 일터에서 열심히 차를 닦는 것, 이 둘 사이의 균형을 잘 잡는 것이 행복해지는 비결이라 믿기에 오늘도, 내일도 그녀는 도전을 멈추지 않을 것이다.

그녀는 이제 자신의 우물 밖으로 나왔다. 바깥세상에는 그녀보다 훨씬 잘난 개구리가 살고 있을지도 모른다. 또 황새 같은 천적이 개구리가 나타나기만을 기다리고 있을지도 모른다. 우물 안보

다 어쩌면 우물 밖 세상은 훨씬 만만치 않은 곳일 거다. 그 속에서
그녀는 살아남을 수 있을까.

우물이라는 공간은 안전한 곳이기는 하지만 사실 언제 말라버
릴지 모른다. 어차피 이 세상에 100퍼센트 안전한 곳이 없다면 시
행착오를 거치며 많은 경험을 한 그녀가 훨씬 더 세상을 잘 헤쳐
나갈 수 있을 것이다. 용기 있게 우물 밖으로 나온 그녀에게 힘찬
박수를 보낸다.

그녀를 기다리는 동안 쉴 새 없이 차들이 들어왔다. 물세차를 하는 그녀의 손놀림은 매우 능숙하면서도 정성스러웠다. 야구 모자를 눌러쓰고 차의 구석구석을 닦는 모습을 보며 느낀 것은 '일하는 모습이 아름답다'가 아니라 '일하는 모습이 자신감 넘친다'였다. 하루 평균 20대의 차를 세차하고, 비 온 다음 날은 차가 그만 오면 좋겠다는 생각이 들 정도로 밀려온다고 하니 마음 놓고 점심 식사조차 할 수가 없다고 한다.

후덥지근한 지하 2층, 낡은 선풍기가 돌아가는 작은 공간, 환기가 잘 되지 않아 공기도 탁하고 자동차 바퀴와 바닥의 마찰음도 끊이지 않는 곳, 그곳에서 그녀는 땀을 뻘뻘 흘리고 있었다. 그녀의 성실한 삶 속에서 나오는 땀방울의 가치를 어찌 가늠할 수 있을까. 앞으로 나아가기 위해 자신을 채찍질하는 그녀의 태도는 경이롭기까지 했다.

현실에 안주하고 싶어질 때마다, 두려워서 게으름 속으로 도망치고 싶어질 때마다 나는 세차장에서 흘리던 그녀의 땀방울을 떠올린다.

막막한 어둠을 뚫고
만난 희망

사람들의 함성이 들려온다. 경기장 한가운데에 하얀 유도복을 입고 당당하게 서 있는 딸의 모습이 보인다. 무릎 부상으로 한동안 고생하고, 출전 기회조차 다른 사람에게 넘겨주어야 해서 마음고생이 심했었는데 딸은 모든 걸 한 번에 날려버리겠다는 듯 통쾌한 한판승으로 이겼다. 관중의 환호 속에서 나도 자랑스러운 딸에게 힘껏 박수를 보낸다.

아, 상상만 해도 기분 좋은 일이다. 유도 선수인 막내딸의 시합이 열리는 날이면 명월집의 황정숙 씨는 아침마다 머릿속으로 딸의 경기 모습을 그려보곤 한다. 장사를 하느라 경기장에 가지 못하는 마음을 이렇게나마 달래는 것이다.

합숙훈련을 하느라 얼굴도 제대로 보지 못하는 막내딸. 엄마가 먹을 것도 풍족히 챙겨주지 못했는데 컨디션은 괜찮을까? 엄마가 응원 가지 않아서 힘이 빠지는 것은 아닐까? 물밀듯이 밀려오는 걱정에 초조해지지만 그래도 '우리 딸은 잘 해낼 거야' 하며 스스로에게 용기를 북돋운다.

예체능을 하는 아이들의 부모는 경제적 능력을 갖춘 경우가 많다. 훈련에 필요한 부대비용은 물론, 부상을 당할 경우에는 병원비도 만만치 않고, 전지훈련이나 대회에 참석할 때도 제법 큰돈이 필요하다. 경제적 지원뿐만 아니라 물리적 뒷바라지도 엄청나서 딸아이가 속해 있는 학교 유도부의 학부형 회장은 아예 학교에서 살 정도다. 이렇듯 다른 부모들은 아이들의 활동을 극진하게 지원하는 데 비해 그녀는 경기가 열리는 날에도 참석하지 못하니 마음에 쌓이는 것은 미안함뿐이다.

작년에는 충분히 실력을 갖췄는데도 선배에게 출전권을 양보했는가 하면 올해는 1년 후배에게 밀리기까지 하는 것을 보며 속이 무척 상했다. 엄마 마음이 이러한데 제 마음이야 오죽했으랴. 엄마가 뒷바라지를 잘 해주지 못해 불이익을 당하는 것은 아닌지 신경 쓰이고 미안하지만 막내딸은 이런 엄마의 마음을 눈치 챘는지 도리어 걱정 말라며 힘을 주곤 한다.

엄마는 일터에서, 딸은 훈련장에서 각자 최선을 다하다 보면 언젠가는 좋은 날이, 좋은 결과가 있을 거라 믿는 엄마와 딸. 지금도 이들은 구슬땀을 흘리며 연습에 매진하고, 온 정성을 다해 음식을 만들고 있다.

나를 위한 휘파람을 불다

　새벽 4시 반에 일어나서 가게에 나오면 5시. 그때부터 전쟁과 같은 그녀의 하루가 시작된다. 물론 전날 저녁에 다음 날 아침 준비를 어느 정도 해놓기는 하지만 세 끼를 다 해야 하니 하루 종일 바쁠 수밖에 없다. 계속 밥을 하면서 시장도 봐야 하고, 틈틈이 다음 식사 준비를 해야 하기 때문이다. 그러다 보면 훌쩍 하루가 지

나간다. 퇴근은 8시. 집에 가면 완전 녹초가 된다.

매일 반복되는 이러한 일과에 때로는 몸과 마음이 다 지쳐서 '이렇게 살다 가는구나' 싶은 생각이 들 때도 있지만, 그녀는 이내 특유의 호탕한 웃음으로 모든 우울함을 날려버린다. 지금은 그나마 이렇게 웃을 수 있는 여유가 있다는 것만으로도 감사할 뿐이다.

사실 사이다처럼 시원한 그녀의 웃음소리 뒤에는 깊은 그늘이 있다. 그 짙은 불행의 그늘은 엄청난 시집살이에서 시작해 남편의 도박으로 도화선에 불이 붙은 양상이었다. 남편은 10년 동안이나 도박을 했고, 한 번에 5천만 원이나 되는 큰 빚을 진 적도 있다. 열심히 일해서 번 돈은 빚잔치를 하고 나면 금세 바닥이 났다. 도저히 이렇게는 안 되겠다 싶어서 이혼을 했고, 그렇게 12년이 지났다.

그녀의 남편은 딱 세 번 만나고 결혼한 사람이었다. 당시 부모님이 워낙 엄해서 어쩔 수 없이 결혼을 한 것부터가 잘못이었다. 스무 살의 어린 나이에 시집을 가 4년 동안 시집살이를 하면서 그녀는 돈을 한 푼도 만져볼 수가 없었다. 꽤 많은 돈을 벌었음에도 모두 시부모님께 고스란히 드렸고 자연스럽게 모든 재정 관리도 시부모가 맡아서 했다. 그런데 그건 아들과 며느리가 미덥지 않아 대신 관리하시는 거라고 백 번 양보하더라도 아이의 우유 값조차 제대로 주지 않는 데에는 정말 마음이 타들어갔다.

지금도 잊히지 않는 사건은 아이의 돌 전날, 시장을 보러 가다 교통사고를 당한 일이다. 그때 남편은 시어머니가 무서워서 다리가 부러진 그녀를 병원이 아닌 집으로 데리고 갔다. 아이를 낳을 때도 3박 4일 동안 고생했는데 돈이 든다는 이유로 병원에 못 가게 했고, 아이가 아플 때도 마찬가지였다.

그런데 돈을 움켜쥐고 인색하게 구는 것은 그나마 나은 시집살이였다. 시어머니는 그녀와 남편의 방에서 밤 12시까지 앉아 있다가 가는 일이 허다했다. 남편은 방패가 되어주기는커녕 시어머니의 말을 거역하지 못했다.

당시 목장을 운영하던 시댁에는 일꾼들도 많았고, 할 일도 태산 같았다. 그 많은 일꾼들의 세끼 밥을 차려서 나르는 것에서부터, 혼수로 해간 세탁기를 써보지도 못한 채 온 식구의 옷들을 전부 손빨래하는 것까지 모두 그녀의 일이었다. 참다못해 도망가려고도 했지만 당시 시할머니가 매일 방 앞에서 주무셨다. 그녀가 도망가는 것을 막기 위해서였다.

텔레비전 드라마에나 나올 법만 끔찍한 시집살이를 겪던 그녀에게 잠깐 빛이 든 것은 둘째를 낳을 때쯤이었다. 드디어 분가를 하게 된 것이다. 그때 시어머니가 분가 비용으로 준 돈은 고작 50만 원이었다. 살림을 나기에는 턱없이 적은 돈이지만 숨통이 트이는 기쁨에 감지덕지하며 나왔다. 온갖 시집살이를 했으면서도 분가한 것이 엄청나게 기쁘고 고마워 시부모님께 정말 잘해드렸다.

하지만 드디어 살만 하다고, 식구끼리 마음 편히 오순도순 살 수 있게 되었다고 기뻐하는 것도 잠시였다. 그 좋은 일이 결국 더 큰 화를 불렀다. 무서운 엄마 밑에서 평생 기를 못 펴고 살던 남편은 분가하자 그 해방감을 주체하지 못했고, 처음으로 돈 관리를 하면서 돈맛을 보자 도박장으로 달려간 것이다.

한편 그녀는 노래방을 운영했다. 남편이 가장 역할을 제대로 하지 못해서 그녀가 팔을 걷고 나선 것인데 다행히 손님들이 줄을 서서 기다릴 만큼 장사가 잘 되었다. 돈을 셀 시간도, 금고에 넣을 시간도 없을 정도였다. 그런데 그게 오히려 더 상황을 악화시켰다. 그녀가 돈을 벌자 남편의 도박판만 더 커져버린 것이다. 더 이상 안 되겠다 싶어서 돈을 주지 않자 남편은 농협, 축협에 근무하는 고향 선후배들에게 연락해 대출을 받기까지 했다. 그러다 여기저기서 터져 나오는 빚 때문에 정신을 못 차리고 있는 상황에서 남편은 사기도박에 걸려들었다. 차라리 남편이 죽어버리면 좋겠다는 무서운 생각까지 들 정도로 고통스러운 시간이었다.

부모에게 길들여진 30년이라는 시간은 너무 뿌리가 깊어서 아무리 노력해도 안 되는 게 있다는 걸 그때 깨달았다. 또 돈을 많이 번다고 해서 그것이 행복으로 연결되지는 않는다는 사실도 배웠다. 그녀는 더 이상 견딜 수가 없어 결국 이혼을 결정했고, 집을 나오면서 정리한 돈으로 빚을 다 갚았다. 여전히 마음이 따끔거리고 생각만 해도 눈물나는 아픈 과거지만 그녀는 웃음으로 현실을 딛고 일어서는 법을 연습하는 중이다.

"행복해서 웃는 것이 아니라 웃기 때문에 행복해지는 것이라고 하잖아요. 그래서 저도 힘들수록 더 많이 웃으려고 노력해요."

스스로 만든 행복은 다른 사람이 만들어준 행복보다 훨씬 더 만족스러운 법이다. 그래서 그녀는 힘들고 지칠 때마다 웃으면서 스스로를 격려한다. 웃음은 그녀의 고단한 일상을 격려하는 휘파람이었던 것이다.

굳건한 믿음에 보답할 그 언젠가

그녀는 빈 몸으로 세 명의 아이들과 새로운 삶을 시작했다. 그때는 돈도 없었고 취직을 한다 해도 몸으로 할 수 있는 일밖에는 없었다. 그래서 이혼한 후 그녀는 밤낮으로 일했다. 낮에는 학교 급식 조리사로, 밤에는 24시간 운영하는 김밥 가게에서 새벽까지 일하며 하루를 일로 채웠다. 하루에 3시간밖에 자지 못할 정도로 악바리처럼 독하게 살았다. 그렇게 자신의 몸을 돌보지 않고 밤낮으로 일한 이유는 아이들만큼은 능력 있는 사람으로 키우고 싶어서였다.

많은 부모가 자녀를 조금이라도 더 가르치기 위해 최선을 다하지만 부모의 기대만큼 이르는 자식이 과연 얼마나 될까. 그래서 자식은 때로는 살아갈 희망이자 살기 싫은 절망이 되기도 한다. 그녀 역시 아이들에게 걸었던 기대가 무너졌을 때 느껴지는 절망을 피할 수 없었다. "희망이 없을 때도 있고, 무슨 희망을 가지고 살아야 하나 고민할 때도 있어요"라고 지나치듯 말하는 그녀의 고백은 모든 것을 다 건 시합에서 성적이 부진할 때 찾아오는 허탈함을 담고 있었다. 자신의 인생은 접고 온전히 아이들만을 위해

살았으니 '절망감'을 느끼는 것은 어쩌면 당연한 일이다.

그녀에게 자식이 잘된다는 것은 좋은 학교에 들어가 당당히 사회의 구성원이 되는 것이다. 그다지 큰 욕심이 아니라고 생각했는데 가장 기대하던 큰딸이 기대에 미치지 못한 성적을 받고 삼수까지 하자 마음이 꺾여버렸다. 평소 성실하게 공부해 좋은 성적을 받았던 터라 내심 기대하고 있었기 때문이다. 그런 아이가 대입에 실패하자 그때는 아예 살고 싶지가 않았다. 큰딸이 그녀의 희망이었기에, 아니 집안의 희망이고 기둥이었기에 더더욱 그랬다.

그렇다고 해서 자식들 때문에 희생을 감수한 것을 후회한다는 뜻은 아니다. 산다는 게 그런 것 아닌가. 죽을 것 같아도 어느새 시간이 해결해주듯이 말이다. 힘들 때는 혼자 많이 울기도 했지만 그 시간이 지나면 또다시 살아지는 것이 인생임을 알기에 그녀는 실망도, 후회도 접었다. 그리고 잠깐 실망했을지언정 아이들을 믿는다. 언젠가는 그 믿음에 대한 보답이 있을 거라 희망을 꼭 붙잡는 이유는 바로 '엄마'이기 때문이리라.

"다른 사람들은 아이들을 위해 지나치게 희생하는 것이 아니냐고 말하기도 해요. 자기 인생도 소중한데 너무 자식만 믿다가 발등 찍힌다고 하시는 분들도 있고요. 그런데 제가 줄 수 있는 사랑은 바로 신뢰예요. 신뢰를 받는다는 것은 사랑받는 것보다 더 큰 거잖아요. 신뢰를 받는 사람은 반드시 그 믿음에 대한 보답을 하게 되어 있고요."

그러면서 그녀는 올해 초 온 국민을 열광하게 했던 WBC 대회 이야기를 꺼냈다. 야구는 잘 모르지만 어깨너머로 보고, 손님들이 하는 이야기를 들으며 감동받은 부분이 바로 선수에 대한 감독의 믿음이었다고 한다.

그때 우리나라를 준결승으로 이끌며 세계에 우뚝 서게 한 '김인식 표' 믿음의 야구가 주목을 받았다. 특히 그가 추신수 선수에게 보여준 믿음은 일반 사람들이 보기에는 '집착'처럼 보일 수 있을 정도로 대단한 것이었다.

추신수는 한국팀의 유일한 메이저리거였다. 그만큼 그에 대한 코칭스태프의 기대는 컸고, 그래서 그의 소속팀인 클리블랜드 인디언스가 제시한 유별난 조건까지 감수하며 그를 대표팀에 영입했다. 하지만 막상 경기를 시작하자 추신수는 부진의 늪에서 헤어 나오지 못했다. 사람들은 그를 라인업에서 빼도록 종용했지만 김 감독은 꿈쩍도 하지 않았다. 그러나 일본과의 순위 결정전에서도 추신수의 헛방망이질은 계속되었다.

드디어 베네수엘라와의 준결승전. 사람들은 당연히 그의 이름이 선발 라인업에서 빠질 것이라 생각했다. 하지만 그 예상을 뒤엎고 김인식 감독은 그를 6번 타자로 지목했을 뿐만 아니라 대회 개막 이후 처음으로 우익수 수비로도 나가게 했다.

사람은 자신을 알아주는 사람을 위해서는 목숨까지도 바칠 수 있는 법이다. 그는 결국 그 경기에서 WBC 대회 결승으로 나아가는 결정적 한 방을 터뜨렸다.

준결승전 1회, 타석에 들어설 때까지 그의 타격 성적은 10타수

1안타. 빅리거에 어울리지 않는 1할 대의 초라한 타율이었다. 하지만 그는 경기장 담장을 넘기는 3점 홈런을 침으로써 김인식 감독의 굳은 믿음에 보답했다. 물론 김 감독이 아무 근거 없이 무조건 추신수를 믿은 것은 아니다. 그날의 선발 투수가 싱커를 주 무기로 넌시는 투수였기 때문에 어퍼스윙을 하는 추신수에게 딱 맞다고 판단한 것이 믿음의 근거였다.

다른 사람들은 이해하지 못해도, 설사 왜 집착을 하느냐고 맹비난을 받아도 흔들리지 않는 믿음을 주었기에 가능한 일이었다.

"그 선수가 감독한테 얼마나 고마워하겠어요. 아마 목숨이라도 바치고 싶었을 것 같아요. 신뢰는 그만큼 중요하다니까요. 저는요, 우리 아이들에게 그런 믿음을 갖고 있어요."

아이들을 위해 모든 것을 주고 싶은 마음이 혹여 다른 이들에게 이해받지 못하고, 비난을 받는다 해도 아이들을 향한 그녀의 믿음과 희망은 계속될 것이다. 추신수의 한 방처럼 아이들도 그들의 인생에 있어 소중한 한 방을 터뜨릴 것이라 믿기 때문이다.

다시 마음을 세우고 웃다

희망가게를 하기 전까지 그녀는 여러 식당에서 경력을 쌓았다. 음식 솜씨도 좋았지만 책임감이 강하고 성실해서 그녀는 어디에서나 인정받으며 일했다. 비록 남의 식당에서 찬모로 일할지언정 자신이 주인인 것처럼 일하고, 남보다 더 많이 일해야 편한 것이 그녀의 타고난 천성인 까닭이다. 이런 성격 탓에 희망가게를 하고 나서도 거의 모든 음식을 그녀의 손으로 만든다. 그래야 맛이 달라지지 않기 때문이다. 이 원칙은 아무리 힘들어도 꼭 지킨다.

그녀의 부지런함은 메뉴를 짜는 것에서 두드러지는데, 제일 골치 아픈 일이지만 아침 점심 저녁 반찬을 끼니마다 바꾼다. 그러다 보니 어떤 때는 꿈속에서도 반찬 생각을 할 정도다. 하지만 그런 수고 덕분에 많은 손님들이 맛있다고 칭찬해주고, 주문도 차츰 늘어간다. 하루하루의 수고가 칭찬과 보상으로 주어지는 것만큼 보람된 일이 또 있을까. 그렇게 그녀는 한 발씩 나아가고 있는 것이다.

그녀가 감사한 또 하나는 가게를 하면서 갖고 있던 빚을 조금씩이나마 갚아나가고, 가족들에게 사람 노릇을 할 수 있다는 점이다. 특히 작년에 가게를 시작했을 때 아버지가 오셔서 보고 얼마나 좋아하시던지, 아버지에게 진 큰 빚을 갚은 느낌이었다. 자식밖에 모르던 분인데 어렵게 사는 막내딸을 보고 내내 마음 아파하셨던 아버지는 딸이 자기 가게를 차린 것을 보고 마음이 놓이셨는지 얼마 후에 세상을 떠나셨다. 아버지가 돌아가시기 전에 마음의 짐을 덜어드릴 수 있어 얼마나 다행인지 두고두고 가슴을 쓸어내리게 하는 고마운 일이다.

사실 종업원으로 일할 때는 돈을 버는 데 한계가 있었다. 하지만 내 가게를 하고 나서는 생활비가 따로 들지 않으니 경제적으로

많이 좋아졌다. 또 주어진 일만 하는 것이 아니라 창의적으로, 주
도적으로 무언가 시도할 수 있다는 것도 생각의 틀을 넓히는 데
도움이 되었다. 그녀는 조금 더 기반을 잡으면 단일 품목으로 바
꿔 전문점으로 키우고 싶은 소망이 있다. 이렇듯 현재에 머물지
않고 더 나은 단계를 꿈꿀 수 있는 것은 '내 가게'가 있기 때문에
가능한 일이다.

예전에 돈을 셀 시간도 없을 정도로 장사가 잘되던 것을 경험했
기 때문에 '그때가 기회였을지도 모르는데', '그때 잘했어야 하는
데' 하는 생각이 들 때가 있다. 하지만 과거에 연연한들, 내 욕심
에 연연한들 그것이 아무것도 바꿀 수 없는데 과거에 대한 후회로
현재를 망칠 수는 없지 않은가. 그렇게 마음을 비우고 나니 하루
하루 충실하게 자신을 맡기고 사는 법을 배울 수 있었다.

일은 잘 될 수도 있고 안 될 수도 있다. 정말 중요한 것은 행운
에 취하지 않고 불운에 기죽지 않고 균형 감각을 유지하는 것이
다. 그래서 그녀는 삶이 실망스럽고 위기가 올 때마다 이 일에 지
지 말고 목표를 이루는 데 필요한 근육을 키우는 기회로 삼자고
스스로를 다독인다.

그녀가 이토록 강해지고 싶은 이유는 단 하나, 자식들에게 가난
을 대물림하지 않기 위해서다. 그녀는 아이들을 절대로 '제2의
나'로 만들지 않겠다고 결심하고 또 결심했다. 그동안 그녀가 겪
은 가난한 삶이 너무 힘겹고, 참고 살아온 시간이 깊은 상처가 되
었기에 아이들에게만큼은 가난으로 인한 한을 만들어주지 않을

작정이다. 이것은 엄마이기 때문에 갖는 그녀만의 숭고한 사명이
기도 하다.

이렇게 가난을 대물림하지 않기 위해 애쓰는 그녀가 자연스럽
게 아이들에 물려준 것이 있다. 바로 형제간의 우애다. 그녀가 어
려울 때 가장 도움이 되었던 것은 가족이다. 2남 4녀 중 넷째 딸인
그녀는 형제들과 사이가 좋다. 엄마가 어렸을 때 돌아가신 탓인지
유난히 형제들끼리 정이 많았다. 그녀가 불행한 결혼 생활과 이혼
으로 인해 경제적 어려움을 겪을 때도 가족들은 몹시 마음 아파했
다. 특히 남의 가게에서 일할 때는 아이들이 어려서 걱정이었는데
가까이 사는 언니가 아이들을 잘 챙겨줘서 아이들 걱정을 덜고 일
할 수 있었다.

그렇게 그녀가 가장 어려울 때 형제들이 함께해주고 도와주었
던 것처럼 지금 세 딸은 서로서로 의지하며 우애 좋게 지낸다. 합
숙훈련을 하는 막내가 한 달에 한 번 집에 오는 날이면 거실에서
셋이 새벽까지 소곤거리다가 잠이 든다. 그녀가 장사하느라 시간
을 따로 낼 수 없을 때는 동생 졸업식에 언니들이 친구들을 데리
고 가기도 한다. 아르바이트를 해서 번 돈으로 동생에게 용돈을
주고, 불러내서 맛있는 것을 사주기도 한다. 서로 못 줘서 안달인
그녀의 형제들과 많이 닮은 모습이다. 반찬까지 일일이 챙겨주고
그녀가 몸이 안 좋은 날에는 휴가까지 내서 도와주는 언니들, 지
금도 그녀는 언니들과 이야기를 시작하면 밤을 꼬박 샌다.

만날 때마다 하고 싶은 말이 끊이지 않고, 필요할 때는 팔을 걷어

붙이고 도와주고, 아낌 없이 모두 내어주는 것이 기쁨인 형제들이야말로 '억' 소리 나는 유산보다 더 가치 있고 빛나는 유산이리라.

희망가게는 그녀에게 가난이 대물림되는 불행을 끊고, 부모님의 걱정과 마음 아픔을 조금이나마 위로하고 짐을 덜어준 선물이다. 그래서 그녀는 지금 도무지 끝나지 않을 것 같은 불행과 풀리지 않는 상황에서 느꼈던 두려움을 넘어서는 중이다.

생은 때때로 아무것도 보이지 않는 어둠 속에서 온전히 견뎌내야 할 때가 있다. 자식이 잘되기만을 바라면서 고된 몸을 이끌고 사는 어머니에게 자식이 기대만큼 와주지 못하면, 어머니가 서 있는 곳은 캄캄한 암흑이 된다. 그래도 공부하다 새벽 2~3시에 잠들어도 엄마가 도와달라고 하면 싫은 내색 없이 일을 거들러 일어나는 착한 아이들, 자기 용돈 아껴서 가게로 먹을 것을 사들고 오는 예쁜 아이들은 오늘도 그녀를 웃게 하는 빛이다.

언젠가 일출을 보겠다고 성산 일출봉에 오른 적이 있는데, 너무 일찍 오른 탓에 바다에는 어둠만이 가득했다. 한참이 지났는데도 해는 떠오르지 않았고, 시간이 흐를수록 추위에 온몸이 와들와들 떨렸다. 일출을 보겠다는 신념은 온 데 간 데 없이 사라지고 추위를 견디기에만 급급했다. 일출이고 뭐고 빨리 내려가면 좋겠다는 생각으로 포기하려던 그때 누군가가 "해다!" 하고 소리를 질렀다. 수평선 너머 바다 끝에서 붉은 해가 떠오르고 있었다.

때때로 희망이란 막막한 어둠과 추위를 그저 견뎌내야만 만날 수 있는 것인지 모른다. 그녀도 아직은 해를 만나지 못한 것일 수 있다. 그래서 지금은 막막하고 춥기만 할 수 있지만 이 기다림 끝에 반드시 눈부신 해를 만나는 시간이 있을 것이다. 해는 반드시 떠오르기 때문이다.

그녀를 생각하면 아주 오래전 텔레비전에서 방영했던 만화의 호호 아줌마가 떠오른다. 항상 목에 스푼 목걸이를 걸고 다니며 귀엽고 포근한 웃음을 선물하던 호호 아줌마.

어느 날 갑자기 그녀는 몸이 찻숟가락만 해졌지만 결코 절망하지 않았다. 예고 없이 몸이 작아지는 것에 적응하여 작아질 때 대처하는 방법도 터득했고, 나쁜 사람을 혼내주는 법도 개발했다. 호호 아줌마는 어떤 걱정도 하지 않았다. 항상 즐거운 사람이기 때문이었다.

그런데 호호 아줌마는 정말 즐거운 일이 있어서 즐거워했을까. 그녀는 자식들을 출가시키고, 늘 투덜거리면서 신경질적인 남편과 살고 있었다. 그러다 시도 때도 없이 몸이 작아지는 이상한 일까지 생긴 것이다. "호호" 하고 웃을 일이 없었지만 그녀는 웃었다. 그리고 모든 일상을 신나는 모험으로 생각했다.

"하하호호 아줌마 투덜투덜 아저씨, 아줌마가 펼치는 꿈 속 같은 이야기, 꼬마 친구 숲 속 친구 모두모두 즐거워."

다른 사람의 마음까지 밝게 만들어주는 웃음을 가진 호호 아줌마 같은 황정숙 씨. 그녀도 노래 가사처럼 일상에서 꿈 속 같은 이야기를 펼치며 늘 즐겁기를 소망한다.

실패를 통해
또 다른 꿈을 꾸다

"엄마, 물이라도 주세요."

세 살배기 딸아이가 애절함이 가득한 맑은 눈빛으로 엄마에게 말했다. 배고픔을 견디지 못한 아이가 할 수 있는 가장 절박한 요구였다. 아이도, 엄마도 벌써 며칠째 아무것도 먹지 못한 상태다. 도저히 안 되겠다 싶어 밀가루에 설탕을 넣어 물로 갠 뒤에 전자레인지에 돌렸다. 쌀은 없고 아이는 무엇이든 먹여야겠고, 그래서 궁여지책으로 생각해낸 방법이었다.

어디 외국에 사는 난민들의 이야기냐고? 아니다. 15년 전, 펫피아 송유건 씨에게 일어난 일이다. 사업 실패로 갑자기 삶이 난파당한 그녀는 두려움 때문에 밖에 나갈 수조차 없었다. 그러다 보니 일이 그 지경까지 와버린 것이다. 물로 배를 채우던 아이의 눈

빛이 그녀의 등을 떠밀었지만 선뜻 바깥세상으로 나설 용기가 나지 않았다. 문밖에만 나가도 빚쟁이들이 알아보고 달려들 것 같아 두려웠고, 실패자로 손가락질 받을 것 같아 부끄러웠다. 은둔자가 되어 꼭꼭 숨어 살던 그녀를 그나마 밖으로 나오게 한 것은 '배고픔과 절박함'이었다.

오랜 고민 끝에 그녀는 용기를 내어 친정 어머니에게 전화를 했다. 사실 그녀는 친정에 손을 벌리는 것이 죽기보다 싫었다. 집에 돈 한 푼 갖다 주지 않으면서 자신은 자가용을 몰고 다닐 정도였던 아버지 때문에 평생 고생만 하신 어머니. 그 눈물겹고 힘겨웠던 삶을 잘 알기에 어머니에게 돈 이야기만큼은 정말 하고 싶지 않았지만 그래도 이럴 때 가장 안기고 싶은 곳은 어머니의 품이었다.

"잘 지내니?"

어머니의 그 한 마디를 듣는 순간, 용기는 어디론가 사라지고 더 이상 말을 이을 수가 없었다. 집으로 돌아오는 길, 신고 있던 슬리퍼가 온몸을 잡아당기는 것처럼 무겁게 느껴졌다. 꾹꾹 참았던 눈물이 뚝뚝 떨어지는데 옆에서 엄마의 손을 잡고 말없이 걷던 딸이 갑자기 멈춰 섰다. 그러더니 작은 손으로 엄마의 엉덩이를 톡톡 치며 말했다.

"엄마, 괜찮아. 채인이가 있잖아."

제 딴에도 엄마가 안되어 보였던지 아이는 엄마의 마음을 다독였다. 그 작은 손이 주는 위로는 하늘만큼 크고 깊었다.

희망의 씨앗이 된 사람들

예전 그녀는 잘 나가는 20대 사업가였다. 20대 중반부터 이미 홈패션 제작으로 큰돈을 번 그녀에게 미래는 뻥 뚫린 고속도로 같아 보였다. 때마침 백화점으로부터 입점 제의를 받으면서 그녀의 사업은 더욱 가속 페달을 밟은 듯했다. 그런데 속도가 너무 빨랐던 탓일까. 그녀는 제한속도를 넘어버리고 말았다.

사실 그런 시점에서 브레이크를 밟아 속도를 줄인다는 것은 결코 쉬운 일이 아니다. 자신의 이름을 걸고 백화점 매장에 입점하는 것이 20대 젊은 여성 사업가에게는 상당히 매력적이기 때문이다. 그래서 당당하게 백화점에 매장을 낸 것까지는 좋았다. 하지만 모두가 부러워하는 화려한 시작 뒤에는 무서운 현실이 기다리고 있었다.

백화점 매장은 허울만 좋지 마진율이 너무 낮아 남는 것이 없어 적자가 계속되었고, 전전긍긍하다가 결국 IMF 직전에 연쇄부도가 나버렸다. 결혼하자마자 사업을 시작하고, 아이를 낳은 후에도 밤새 일했지만 돌아온 것은 뼈아픈 실패뿐이었다. 그리고 그 과속 질주는 결국 그녀의 모든 것을 다 쓸어갔다. 사업과 결혼 생활 실패로 절망하던 그때, 그녀의 나이 불과 서른 살이었다.

사실 서른이면 여성으로서도, 사회인으로서도 한창 꽃을 피울 나이다. 결혼해서 아내와 엄마로 자리를 잡거나 자신의 능력을 발휘해 주도적으로 일할 수 있는 시점이다. 그래서 서른을 '드디어서다, 어느 정도 일가를 이루다'는 뜻의 '이립而立'이라고 하는 것이다. 그런데 남들은 이렇게 자리를 잡아가는 때에 힘들게 이뤄놓은 모든 것이 갑자기 날아가버리고, 삶에 대한 배신감과 사람들을 향한 불신, 실패로 인한 두려움만 남았다면 사람들은 어떤 선택을 할까? 아마도 대부분 탈출구를 찾으려고 노력할 것이다.

당시 그녀에게도 '탈출' 이외에는 다른 방법이 없었다. 그래서 아직 핏덩이인 딸을 데리고 집을 나와 그 상황에 이른 것이다. 남편과 시댁은 그녀에게 부담만 가중시킬 뿐이었다. 그런 상황에서도 아들을 낳아야 한다고 압박하는 시부모와 그 손에 장단 맞추는 남편에 대한 불신은 그녀를 더 벼랑으로 내몰았다.

사실 부부가 살다보면 경제적인 어려움을 겪을 수도 있고, 그럴 때 함께 극복해가야 하지만 서로에 대한 믿음이 깨진 상황에서 며느리와 아내의 자리는 당시 그녀에게 견디기 힘든 가시방석이었다. 그녀는 숨 쉴 수 있는 탈출구를 찾아 앞뒤 생각할 겨를도 없이 뛰쳐나왔다. 실패한 사업가로 도피하는 신세가 되자 떠오르는 생각은 하나였다.

"산에 갔다가 길을 잘못 들어섰는데 날이 어두워진 상태랄까. 누군가의 구조가 절실하지만 구조받을 수는 없는, 앞으로 가야 하는데 어디로 가야 할지 전혀 알 수 없는 상황이었죠. 혼돈과 두려움 그 자체였어요."

사람이 너무 무서워서 알고 지내던 모든 이와의 관계를 끊고 철저히 고립된 생활을 하면서 그녀는 점점 말을 잃었다. 분명히 머

리로는 생각을 하는데 입 밖으로 나오지 않는 상태까지 이르자 진짜 폐인이 된 것 같은 두려움이 몰려왔다. 더 이상 그렇게 지낼 수도 없고, 죽을 수는 더더욱 없어 용기를 내어 세상 밖으로 조심스럽게 한 걸음 내딛었다. 무엇보다 그녀에게는 지켜야 할 어린 딸이 있기 때문이다.

사람들의 눈을 피할 수 있는 일, 말하지 않아도 되는 일을 수소문하다가 겨우 찾은 것이 식당 설거지였다. 하지만 과거는 그녀를 쉽게 놓아주지 않았다. 생전 아픈 게 뭔지 모르고 살던 그녀에게 불면증이 찾아온 것이다. 게다가 스트레스 때문인지 살은 80킬로그램까지 찌고 소화불량이 심해져서 하루에 1.5리터짜리 콜라를 두 병이나 마셔야 할 정도가 되었다. 스스로를 향한 혐오감이 극에 치달았고, 그 상태로는 일하기도 힘들어 결국 식당을 그만두었다. 과거의 큰 성공과 현재의 초라한 현실, 사장과 식당 설거지 아줌마라는 두 상황의 간격이 너무 커서 도저히 마음을 잡을 수가 없었다. 결국 그녀는 할 수 없이 친정 엄마에게로 도망갔다. 엄마 곁으로 가 2년 정도 미용실에서 일하며 어느 정도 마음을 정리하자 서서히 안정이 찾아왔다.

그런데 삶은 늘 예기치 않은 복병을 숨겨두었다가 갑자기 발목을 붙잡았다. 남편과 시댁이 다시 그녀의 인생에 끼어든 것이다. 시부모님은 '아들'을 낳아주면 빚을 다 갚아주겠다고 했다. 말도 안 되는 기가 막힌 거래였지만 순간 딸아이가 걸렸다. 그동안 아이를 고생시킨 데 대한 죄책감과 미안함 때문에 엄마 아빠와 같이 살기를 간절히 원하는 아이의 마음을 차마 저버릴 수가 없었던 것이다. 그래서 이혼보다 더 어렵게 재결합을 결심하고 다시 서울로 올라왔지만 사랑이 전제되지 않은 결혼 생활은 그리 오래가지 못했다.

결국 또다시 원점으로 돌아오고 말았다. 여전히 하루하루가 절박하고 등에는 무거운 빚이 얹혀 있었다. 어쩌면 그녀에게 가장 힘든 것은 '내일도 오늘과 똑같을지도 모른다'는 암담함이었으리라. 아무리 열심히 살아도 돈을 갚는 데에만 10년 이상의 시간이 필요했으니, 이런 상황에서 '희망'을 갖는다는 것은 정말 기적과 같은 것이었다.

그럴 때마다 '절망'이 삶의 구석구석에 스며들어 빠르게 퍼졌다. 썩은 동아줄이라도 잡고 싶을 만큼 절박하던 시간, 미래가 보이지 않는다는 것만큼 답답한 상황이 또 있을까. 캄캄한 것만으로도 참기 어려운데 언제 끝날지 알 수 없는 막연함이 더해질 때 절망은 끝내 사람을 주저앉힌다. 자기 연민과 비참함이 그녀를 일어서지 못하게 옥죄었다.

어느 추운 겨울날, 지낼 곳이 없어 자동차 안에서 지낸 게 벌써 이틀째였는데 딸아이는 아무것도 묻지 않고 잘 지냈다. 칭얼대면 엄마와 헤어질지도 모른다는 불안감 때문일까, 아니면 제 딴에도 엄마를 힘들게 해서는 안 된다는 생각 때문일까. 아무리 그래도 엄마로서 아이를 데리고 자동차에서 계속 지낼 수는 없었다. 그녀는 할 수 없이 아이를 잠깐 친정 엄마에게 맡기기로 결정했다. 그러고 나서 자신은 찜질방과 자동차 안을 전전하다가 겨우 고시원에 들어갔다.

창문 하나 없이 아주 작고 답답한 방, 희망이라고는 찾아볼 수 없는 그녀의 삶처럼 빛이 전혀 들지 않는 고시원 방에서 지내던 중, 설상가상으로 교통사고까지 났다. 돈이 없어 제대로 치료도 받지 못한 그녀는 몸과 마음이 완전히 그로기 상태에 빠져버렸다. 흡사 허깨비와 같은 모습이었다. 일어설 기운조차 없어 3일 동안 아무것도 먹지 못하고 씻지도 않고 마치 시체처럼 고시원 방 안에 누워 있을 때 '사람이 이러다 죽는구나' 하는 무거운 생각까지 들었다.

그런데 그때 불현듯 무엇인가가 그녀의 머리를 스치고 지나갔다. 고시원을 알아보다가 만난 고시원 총무가 초면인 그녀에게 건넨 『존재의 혁명』이라는 책이었다. 왠지 그 책이 자신을 구원해줄 것 같은 생각이 들어 방을 뒤져 찾았다. 살아야겠다는 본능이 작동했는지 책을 단숨에 읽어 내렸다. 그리고 그 책을 통해 실패가 아니면 절대로 얻을 수 없는 인생의 한 부분이 있다는 사실을 깨달았다.

"성공했던 자신도, 실패했던 자신도 똑같이 소중한 존재라는 사실을 되새기면서 마음을 다스려야겠다는 생각이 들었어요. 성공이나 실패가 자신의 가치를 가늠하는 잣대는 될 수 없으니까요. 이런 식으로 삶을 허비하는 건 내 존재에 대해 스스로 모욕하는 거라는 깨달음이 왔죠."

그러자 갑자기 바깥으로 나가고 싶어졌다. 드디어 그녀의 마음에 밝고 따뜻한 햇살 한 줄기가 들어오는 순간이었다. 방 구석구석을 뒤져 모은 돈은 470원, 당시 버스 요금이 800원이었으니 차비도 안 되는 액수였다. 며칠째 걸려오는 친구의 전화를 용기 내어 받았다. 한걸음에 달려온 친구는 아무 말 없이 점심을 사주고 가면서 주머니에 만 원짜리 한 장을 넣어주었다. 당시 그 친구도 혼자 가족들을 부양하느라 어려운 처지였는데 돈으로는 계산할 수 없는 따뜻한 마음을 주고 간 것이다..

그 만 원은 그냥 만 원이 아니었다. 그녀를 다시 세상 밖으로 끌어내고 새로운 인생으로 갈아탈 수 있게 한 차비였다. 그녀는 그 만 원 덕분에 다시 세상 속으로, 사람들 속으로 걸어 나왔다.

행복이란 손이 닿는 데 있는 꽃들로 꽃다발을 만드는 솜씨라고 한다. 그녀는 자신이 오랫동안 잊고 있었던 신앙을 다시금 잡았고, 이를 계기로 폐허 같은 그녀의 삶 주변에 꿋꿋이 피어 있는 꽃들을 다시 볼 수 있었다. 완전히 깨졌던 마음이 회복되는 순간이었다. 무엇보다 자기 자신에 대해 너그러워졌다는 것이 가장 큰 변화였다.

지금도 상황은 그때와 다르지 않지만 더 이상 사는 게 겁나지 않는다는 송유건 씨. 이제야 인생을 조금 알 것 같다는 그녀에게 인생은 사람과 부대끼며 서로 돕고 사는 것이다. 그것은 그녀가 어둠 속에서 철저히 혼자 지내보았고, 캄캄한 밤에 위태로운 외줄을 타고 지나왔기 때문이다. 사람을 잃으면 다 잃는 것이라는 생각이 들자 자연스럽게 인간관계가 회복되었고 그러면서 그녀는 조심스럽게 다가온 '행복'을 천천히 끌어안았다.

인생의 2막을 열어준 꿈 같은 기회

"여성가장에게 자립할 수 있는 금액을 지원합니다."

이 문구를 보는 순간, 그녀는 눈을 의심했다. 당시 신용이 전혀 없는 상태였으니 당연했다. 믿기 어려운 소식이었지만 마음에 희망 한 줄기가 쏟아지는 것 같았다. 여기저기 알아본 결과 그녀는 그것이 아름다운재단의 희망가게 사업임을 알았다. 신청하기까지 6개월의 대기 시간, 그리고 합격. 참 오랜만에 찾아온 눈물겨운 좋은 일이었다.

그 전에 그녀는 적은 돈으로 시작할 수 있는 일을 찾던 중 애견 사업이 적당한 듯해 강아지 리본과 목걸이를 수작업으로 만들어 판매했다. 일단 시작한 일이고 거래처도 어느 정도 생긴 시점이었기에 사업을 넓혀 강아지 줄과 옷까지 제작하기 위해 무점포형으로 1,500만 원을 지원받았다. 사업을 하는 데 필요한 차량과 재료를 구입하고 바이어를 만나기 위한 샘플 작업까지 완료한 상황에서, 운명은 그녀에게 또 얄궂은 장난을 걸었다. 엄마가 병원에서 보호자 없이 거의 방치 상태로 계신다는 소식이 온 것이다. 이야기를 듣자마자 선택의 여지가 없었다. 잘 드시면 다시 건강이 회복되어 괜찮으실 줄 알고 집으로 모셔온 엄마를 보는 순간 깜짝 놀랐다. 70킬로그램 정도이셨던 엄마가 40킬로그램도 안 될 정도로 앙상해졌을 뿐만 아니라 치매에 걸려 아기가 되어 있었기 때문이다. "길어야 한 달이니 먹고 싶은 것 마음껏 드시게 하세요"라는 의사의 말을 듣고 함께 지내는 시간만큼은 원 없이 해드리자는 생각에 정성껏 모셨다. 마음이 편해진 덕인지 한 달을 못 넘길 거라던 엄마는 그 뒤로 9개월을 더 사셨다.

점점 치매 증상이 심해지는 엄마를 돌보느라 새로운 아이템을 생각할 엄두조차 내지 못했다. 사업도 제대로 할 수 없는 환경이다 보니 매출은 점점 줄었고 생활비와 병원비를 충당하기 빠듯한 형편에서 결국 집을 빼야 하는 상황까지 이르렀다. 사업은 뜻대로 안 되고, 엄마는 상태가 안 좋아져 요양원에 보내야 하고, 점점 힘들어지는 상황에서 그래도 그녀는 엄마가 돌아가신 뒤에 후회하는 것보다는 훨씬 낫다고 스스로를 위로했다.

"이 세상에서 다섯 번만 외치면 눈물이 나는 이름이 바로 엄마래요. 우리는 누구나 엄마의 못난 자식이듯 엄마 역시 자식에게는 못 다한 사랑의 한이 되는 것 같아요."

그때의 시간은 딸에게도 중요한 경험이 되었다. 방학 때는 일하는 그녀를 대신해 딸아이가 할머니를 보살펴드렸기 때문이다.

하루는 집에 들어가 목욕탕에서 소리가 나서 보니 아이가 할머니를 씻겨드리려 옷을 벗기느라 씨름을 하고 있었다. 엄마가 방에서 변을 보신 모양이었다. 이리저리 할머니를 부축하며 옷을 벗기

던 딸아이의 눈이 그녀의 눈과 마주쳤다. 아이의 눈은 눈물범벅이었다. 그런 상황에서도 엄마에게 전화하지 않고 혼자 할머니를 목욕 시키는 딸이 안쓰럽고 대견했다. 자기를 키워주던 할머니가 치매에 걸려 완전히 아기가 되어 돌아온 것을 보고 딸의 마음이 많이 깊어진 듯했다.

아픈 어머니를 모시면서, 또 딸아이가 혼자 할머니를 돌보는 것을 보면서 그녀의 마음속에는 자연스럽게 '꿈'이 생겼다. 이전에 아무런 목적 없이 꾼 꿈과는 다른, 어려운 여성가장을 돕고 싶다는 구체적인 꿈이었다. 비록 어머니 모시는 데 많은 시간과 돈이 들고 수고롭지만 그 덕분에 소중한 꿈을 얻은 것이다.

그녀는 원래 강하고 인간관계도 넓은 사람이다. 그럼에도 갑작스러운 위기 앞에서 휘청거릴 수밖에 없는 자신을 보며 '모자 가정의 다른 엄마들도 얼마나 힘들까' 하는 생각이 들었다. 자신이 잘 되어서 힘든 여성들에게 조금이라도 도움을 주어야겠다고 막연하게 생각하기는 했지만 엄마가 오시면서부터 그 꿈이 더 구체적으로 그려졌다. 경제적인 어려움 때문에 병든 어머니의 여생을 편안하게 지켜드릴 수 없고, 그렇다고 밖에 나가서 마음 놓고 일할 수도 없는 상황을 겪으며 인생에도 스페어타이어가 꼭 필요하다는 사실을 깨달은 것이다.

"그때 제 마음속에 '여성가장'이라는 글자가 강하게 와닿았어요. 꼭 경제력을 갖춰서 저처럼 인생의 폭풍을 맞고 희망을 잃은 여성가장들을 도울 거예요."

아직 경제적인 여유는 없지만 명확해진 꿈을 향해 달려가는 그
녀는 확실히 변했다. 똑같이 힘든 상황인데 그것을 바라보는 눈이
달라진 것이다. 그래서 그녀는 '고생 끝에 낙이 있다'고 웃으며 말
한다.

"성공은 마음의 평화와 연관되어 있다고 생각해요. 또 마음의
평화는 최선을 다했다고 생각할 때 느껴지는 뿌듯함인 것 같고요.
그런 의미에서 지금의 저는 분명 '낙'을 누리고 있어요. 최선을 다
하고 있으니까 지금의 위기를 잘 견뎌낼 수 있을 거라 믿어요. 다
른 건 몰라도 저 자신이 달라졌으니까요."

그녀는 이제 아무것도 두렵지 않다. 준비하는 자만이 기회를 얻
을 수 있다는 것을 철칙으로 여기기에 좋은 날이 올 거라 믿고 준
비한다는 그녀의 눈동자는 확신으로 가득 찼다. 상황이 바뀌지 않
아도 내가 바뀌는 것은 우주가 변하는 것만큼이나 굉장한 일이다.
그래서 그녀는 지금 더딘 걸음이기는 하지만 조금씩 새로운 길을
찾아 걸어가고 있다.

길을 잃어도 괜찮다. 다시 찾으면 되니까. 어떤 길도 찾지 않고,
가지 않는 것이 가장 나쁜 것이다. 잠시 길을 잃고 헤매는 시간이
있었지만 그녀는 다시 길을 찾아 나섰고, 희미하지만 겨우 발견한
그 길을 용기 내어 가고 있다. 그녀가 내딛는 한 걸음 한 걸음은
분명 또 다른 길을 낼 것이다. 희망은 한 번에 한걸음씩 나아가는
작은 전진이기 때문이다.

몇 년 전 청계산에 갔다가 길을 잃은 적이 있다. 빨리 가겠다는

생각에 지름길을 택한 탓이었다. 한참을 헤매며 고생한 그 이후로 나는 지름길을 찾지 않기로 했다. 길이란 천천히 한 발자국씩 내딛는 것임을 잊었던 것이다. 우리의 삶은 길을 걷는 것과 많이 닮았다. 끝이 보이지 않는 터널 같은 길을 지나면 조금은 여유를 갖고 쉬어갈 수 있는 평지를 만나기도 하고, 평지를 걷다보면 어느새 가파른 오르막길에 이를 때가 있다. 결국 길을 걸을 때 지름길이 꼭 필요한 것은 아니다. 지름길을 포기하면 지금 가고 있는 길이 내 길이 된다. 어차피 인생이란 가고 또 가야 하는 것이니까.

그래서 그녀는 지름길을 찾지도, 선택하지도 않을 것이다. 조금 더디다고, 앞이 보이지 않는다고 조급해하지도 않을 것이다. 그녀는 지금 자신만의 길을 가고 또 가는 중이기 때문에…….

두 달 만에 다시 만난 그녀는 애견 사업을 접고 조그만 의상실을 막 시작한 상황이었다. 그동안 살던 집에서도 나오고, 가게도 접어야 하는 등 고생이 끊이지 않았던 모양이었다.

그래도 그녀는 밝다. 남들이 보면 놀랄 정도로 좁은, 가게에 딸린 방에서 지내지만 "딸과 함께 지낼 수 있는 공간이 있다는 것만으로도 행복하고, 무언가 일을 할 수 있다는 것에 감사해요" 하고 씩씩하게 말한다. 그녀 역시 늘 불안하고 두려울 테지만 그것을 온몸으로 이겨내고 있는 듯했다.

우리가 함께 있을 때 손님 한 분이 들어섰다. 30분이 넘도록 매장에 있는 옷을 여러 벌 입어보던 손님은 10만 원어치나 옷을 샀다. 내 지갑에 돈이 들어오는 것도 아닌데 나는 무척 신나서 그녀와 하이파이브를 하고 싶을 정도였다.

그리고 의상실을 나서면서 마음으로 힘껏 그녀를 응원했다. 언젠가 그녀가 행운과 하이파이브 하는 날이 꼭 올 것이라고!

소박한 행복을
여왕처럼 누리다

막내딸로 곱게 자라면서 고생 한번 하지 않은 오혜정 씨는 부잣집 아들과 결혼할 때만 해도 자신의 인생이 얼마나 험난할지 전혀 예측하지 못했다. 집안의 재산만 믿고 전혀 일하지 않던 한량 남편은 급기야 카드 도박에까지 손을 댔다. 처음에는 친구들과 재미삼아 쳤지만 시간이 지날수록 그 판이 어마어마하게 커졌고, 결국에는 모든 재산을 탕진하고 말았다. 나중에 알고 보니 노름으로 하루에 날린 돈만 10억이었다. 그게 결혼 생활 13년째의 일이다.

당시 집까지 다 날아간 상황에서 친정 부모님은 모두 관절염으로 고생하고 계셨다. 그래서 친정으로 들어가 부모님을 모시고 살면 좀 낫지 않겠느냐는 주변 사람들의 말을 듣고 그렇게 했다. 그때는 그 방법이 최선이라고 생각했기 때문이다. 하지만 그 후로 남편은 취직자리를 알아본다는 핑계로 겉돌기 시작했다. 보다 못한 형제들이 돈을 모아서 영덕 대게 음식점을 열어주었지만 남편은 카드 도박으로 그 가게마저 날려버렸다. 그런 일이 생기자 남편은 더 친정 식구들의 눈치를 보기 시작했고 외박도 잦아졌다.

남편을 너무 믿은 것이 문제의 발단이었다. 그녀는 삶이 벼랑 끝으로 치닫고 있었는데도 제대로 감지하지 못하다가 급기야 남편과 바람이 난 여자가 집으로 찾아와 온갖 행패를 부리는 것을 당하고서야 현실을 직시했다. 모르는 사람이 보면 그 여자가 조강지처라고 착각할 정도였다.

"너희 부부가 짜고서 내 돈을 빼돌리려는 거 아니야?"

아마 남편을 금전적으로 도와주다가 둘 사이에 무슨 오해가 생긴 모양이었다. 그 여자는 무자비한 폭력을 행사했고 결국 거친 몸싸움 끝에 경찰서까지 갔다. 그 뒤로도 그 여자는 계속 찾아와 집안을 발칵 뒤집어놓았다. 그 횡포에 친정 엄마는 충격을 받아 실어증 증세까지 보였고, 아이들은 아이들대로 돌이킬 수 없는 큰 상처를 받았다.

더 이상은 안 되겠다 싶어 남편과 헤어지기로 결정한 뒤, 그녀는 아이들과 살기 위해 벼룩시장 구인란을 통해 국밥집에 서빙하는 일로 취직했다. 반찬도 몇 개 없으니 그다지 힘들지 않겠다 싶어서 시작했는데 정말 만만치 않았다. 그래도 무게가 꽤 나가는 국밥 그릇을 한 번에 열 개씩 배달하며 억척스럽게 일했고, 그 뒤로도 선배가 운영하는 호프집을 대신 맡아서 관리하는 등 새벽부터 밤까지 여러 개의 일도 마다하지 않았다. 하지만 월급쟁이로는 빚을 갚기도 힘들고 늘 하루살이 인생이 될 수밖에 없을 것 같아 다른 방법을 모색하던 중 희망가게를 만났다.

희망가게는 그녀에게 단순한 일터가 아니다. 딸 은미와 함께 하는 '희망을 키워가는 가게'이기 때문이다. 은미가 방학을 맞으면 모녀는 치킨 가게에서 항상 붙어 있다. 엄마는 주방에서, 딸은 홀에서 환상의 호흡을 맞추며 하루하루 희망을 만들어가는 것이다. 그 엄마와 딸의 이야기 속으로 들어가보자.

"언제 가장 예뻐 보여요?"

엄마의 이야기

부모의 눈에 예쁘지 않은 자식이 어디 있으랴마는 우리 딸은 언제나, 세상에서 가장 예쁘다! 하지만 딸을 생각할 때마다 제일 먼저 느끼는 감정은 고마움과 미안함이다. 2년 전 딸이 고등학교를 졸업하기 전, 11월 즈음이었다. 공교롭게도 희망가게를 오픈하는 날과 은미의 수학능력시험일이 겹쳤다. 다행히 수시합격을 해놓은 상황이어서 큰 부담은 없었지만 그래도 시험 전날만큼은 일찍 들어가 쉬기를 바랐는데 딸은 친구들을 데리고 가게에 왔다. 당시 도와줄 사람이 없어 혼자 이리 뛰고 저리 뛰는 엄마를 돕기 위해서였다.

그날 은미는 새벽 4시까지 일했다. 그리고 집에 가서 겨우 1시간 정도 눈을 붙인 뒤에 시험장으로 갔고 시험을 본 후에도 바로 가게에 와서 일을 했다. 졸업식날도 마찬가지였다. 이런 딸이니 예뻐하지 않을 수가 없다.

딸의 이야기

내가 보는 엄마는 좀 예쁘기는 하지만 남자들한테 인기 있는 스타일은 아닌 것 같다. 하하.

엄마의 외모와 관련한 재미있는 에피소드 하나. 몇 년 전 엄마가 국밥집에서 서빙을 하실 때였다. 엄마의 월급날마다 나와 동생, 엄마는 함께 외식을 했는데 지금 생각해도 그때가 가장 행복한 시간이었다. 어느 월급날, 다 함께 식당에 들어갔는데 식당에서 일하는 사람이 의아하다는 눈빛으로 우리에게 물었다.

"왜 부모님과 함께 오지 않고 너희들끼리 왔니?"

부모와 자식으로 본 게 아니라 한 형제로 보았던 것이다. 그 말을 듣고 얼마나 기분 좋아 하시던지, 엄마는 지금까지 그 얘기를 우려먹고 있다. 내가 그런 엄마를 놀리기도 하지만 그래도 자랑스럽게 이야기할 수 있다. 우리 엄마가 가장 예쁘게 보일 때는 주무실 때다. 엄마가 피곤할 때는 가끔 코를 고는데, 어떤 날은 정말 숨이 넘어가는 것 같을 때가 있다. 그래도 나는 엄마가 열심히 일한 다음 그렇게 곯아떨어져 자는 모습이 가장 예쁘다!

또 하나, 닭을 튀기는 엄마의 모습도 빼놓을 수 없다. 주방에서 닭을 튀기다보면 기름 온도 때문에 볼이 빨개지는데 내 눈에는 그 얼굴이 참 예쁘다. 걱정되어 덥지 않느냐고 물으면 땀을 뻘뻘 흘리면서도 "나는 더위를 잘 타지 않는 체질이라 괜찮아" 하며 웃는 엄마는 내 눈에, 세상 그 누구보다 예쁜 사람이다.

바라만 봐도 애틋한 그들...

엄마의 이야기

자기 것이 제일 소중할 나이인데 그런 것들을 다 접고, 엄마를 도와주러 가게에 오는 은미가 고마우면서도 가슴 아플 정도로 안쓰럽다. 보통은 자신보다 나이 많은 사람에게 의지하는데, 나는 나보다 어린 딸아이에게 의지하는 마음이 크기 때문이다. 그래도 하루라도 빨리 은미를 가게에서 탈출시켜주고, 하고 싶어 하는 거 다 해주고 싶다.

은미를 생각할 때마다 어렸을 때 피아노를 치거나 바이올린을 연주하던 모습이 떠오른다. 그때는 유학을 보내려고 했을 정도로 완벽한 공주였다. 그런데 그랬던 딸아이가 지금 이렇게 닭집에서 일하는 거 보면 안타까우면서 짜증이 날 때가 있다. 그러면 딸아이는 내 표정을 다 읽고 신호를 보낸다. 옛날 생각 하면 뭐 하느냐는 그런 신호 말이다.

하지만 그런 감정을 어떻게 지울 수 있겠는가. 부모 마음이야 제 자식이 고생하는 거 보면 당연히 속상하다. 그럴 때마다 '내가 좀 더 능력이 많았다면 덜 고생시킬 텐데……' 하는 생각이 들어 화가 나지만 그런 감정은 빨리 털어버리려 애쓴다. 그게 현실에서 숨 쉬며 살 수 있는 가장 현명한 방법임을 알기 때문이다. 그리고 지금은 절반의 성공을 거뒀으니까 꼭 성공해서 다 갚아줄 거라고 스스로를 자꾸 세뇌시킨다.

딸의 이야기

나는 솔직히 사람들이 내게 자꾸 힘들지 않느냐고 묻는 이유를 이해하지 못하겠다. 왜 내가 힘들 거라고 생각하는 걸까? 난 그냥 좋아서 하는 일일 뿐인데. 나는 이 일이 전혀 힘들지 않다. 바로 '우리 가게'이기 때문이다. 그러니 열심히 해야 하는 것은 당연지사. 가게는 엄마만의 것이 아니라 우리의 것이라고 생각하기에 나는 가게에서 탈출하고 싶거나 다른 아이들이 자유롭게 사는 모습이 부럽다고 생각한 적이 한 번도 없다.

엄마는 나를 가게에서 탈출시켜주고 싶다고 하시지만 실상 나에게는 "네 나이에는 이렇게 고생도 해보는 거야"라는 말을 더 많이 하신다. 다른 데서 아르바이트 하는 것보다 훨씬 낫다고 말하는 엄마의 그 마음을 나는 이미 잘 알고 있다. 너무 미안해서 더 그렇게 말씀하신다는 것을.

몇 개월 전, 나는 엄마의 눈물을 보았다. 어느 날 갑자기 엄마가

"엄마(외할머니)가 보고 싶어" 하시며 눈물을 흘리셨다. 그런 엄마를 보면서 나는 '엄마 안에도 아직 어린아이 같은 마음이 있구나, 엄마에게도 보호받고 위로받고 응석부리고 싶은 어린아이의 마음이 있는 거구나' 하는 생각이 들었다. 내가 환경 때문에 조금 일찍 철이 든 부분이 있는 것처럼, 엄마에게는 누군가의 보호가 필요한 어린아이 같은 부분도 있다고 생각하니 마음이 찡했다.

과거가 주는 의미

엄마의 이야기

돌아보기 싫을 만큼 아프고 힘든 시간들이었지만 그래도 고마운 건, 그런 과거가 있었기에 세상 밖으로 나올 수 있었다는 점이다. 솔직히 나는 어렸을 때부터 결혼 생활이 깨지기 전까지 어떤 알 속에 갇혀 있는 사람처럼 살았다. 늘 주어진 일만 하면 그만이었는데 이제는 뭐든지 혼자 스스로 해야 하기 때문에 정말 세상 밖으로 나왔다고 순간순간 실감한다. 아이들이 걸음마를 배우듯 나도 결혼 생활이 끝남과 동시에 세상을 향해 걸음마를 뗀 것이다. 그런 의미에서 과거는 내게 세상 밖으로 나오게 한 힘이라고 할 수 있다.

그러고 나서 나는 귀중한 교훈을 배웠다. 사람은 닥치면 뭐든지 하게 된다는 사실 말이다. 혼자면 모르지만 자식들이 있으니까 앞뒤 돌아보지 않고 하게 된다는 것을 뼈저리게 경험했다. 극성스러운 딸 은미도 불면증이나 우울증 걸릴 시간이 어디 있느냐고 한다. 겪지 못할 일을 너무 많이 겪고, 어떤 때는 경찰에게 오해를 사고 무시당하기도 했지만 낙망할 겨를이 없었다. 열심히, 충실히 산 것, 자식들에게 최선을 다한 것은 스스로에게 칭찬해주고 싶을 정도로 정말 잘했다고 생각한다. 자신이 할 수 있는 모든 능력 안에서, 주어진 시간 안에서는 엄마의 몫을 다했기 때문이다.

그래서 그런지 나는 이제 인생에서 풀어야 할 것은 다 푼 것 같은 느낌이다. 하루하루 살면서 푸는 법을 배웠다고나 할까. 어제 무슨 일이 있었으면 오늘은 그런 일이 일어나지 않기를 바라고, 문제가 생기면 그것을 어떻게 풀 것인가를 생각한다. 그러니까 나중에 풀 것들이 남아 있지 않다. 그러면서 나는 조금씩 나아지는 법을 배우는 중이다.

딸의 이야기

나는 엄마를 떠올릴 때마다 불쌍하다는 생각이 제일 많이 든다. 한편으로는 정말 답답하기도 하다. 옛날에 겪었던 이야기를 하다 보면 '완전 바보 아냐?' 라는 생각이 들 정도다. 아마 나라면 다 뒤집어엎었을 거다. 그래서 나는 그때 엄마가 좀 더 대범하지 못했던 것이 안타깝다. 물론 엄마도 나름의 생각과 사정은 있었을 거라고 이해하기는 하지만 말이다.

나도 가끔은 옛날 생각이 난다. 사실 하나도 생각나지 않는다고

하면 거짓말일 것이다. 갑작스럽게 환경이 바뀐 것은 어린 나이에
도 분명 충격이었으니까. 워낙 공주같이 자란 것이 몸에 배어 가
끔 무의식중에 공주 근성이 꿈틀거릴 때면 나도 당황스럽다. 그러
다 문득 현실이 느껴지면 짜증이 나기도 하지만 그럴 때마다 과거
를 지우기 위해 노력한다. 과거에 발목 잡히는 것은 더 짜증나는
일이니까. 나는 과거가 현재나 미래를 바꿀 수 있는 힘이 없음을
알고 있다. 미래를 바꾸는 것은 오직 현재의 선택이라는 사실도
잊지 않으려 노력한다. 그렇게 현재를 중요하게 생각하기 때문에
가게 일도 열심히 하는 것이다. 나는 당당하게 이야기한다. 과거
는 그냥 과거일 뿐이라고.

그래도 콤플렉스는 풀고 싶은 것이 솔직한 심정이다. 나를 아는
사람들은 내가 콤플렉스 같은 것이 없어 보인다고 하는데 그런 시
선 자체가 속상할 때가 있다. 콤플렉스를 어떻게 극복하느냐는 내
게 굉장히 중요한 숙제다. 나의 콤플렉스? 그것은 바로 아버지의
부재다. 아버지가 안 계시다는 사실에 주눅이 드는 것은 어쩔 수
없다. 그 부분만 생각나면 자신감을 잃어버린다. 그래서 친구들과
아빠 이야기는 하지 않고, 가장 친한 친구들도 우리 아빠에 대해
서 잘 모른다. 툭 터놓고 싶은 마음은 굴뚝같지만 왠지 아직까지
는 마음처럼 안 된다. 하지만 서두르지 않고 그 부분에 대해 마음
의 여유가 생길 때까지 기다리기로 했다.

우리는 상처에 대한 고정 관념이 있다. 가능한 한 빨리 치료해
야 한다고 생각하는 것이다. 그렇지만 모든 상처에 반드시 소독을

하고 연고를 바르거나 마른 가제를 붙여야 하는 것은 아니라고 한다. 소독은 조직 1그램당 10만 개 이상의 세균이 존재할 때, 곧 피부가 벌겋게 붓고 고름이 잡혔을 때 필요한 것이기 때문이다. 소독은 오히려 피부 재생 인자를 죽여 회복을 더디게 할 수도 있다. 물집을 터뜨리지 않고 내버려둘 때 피부는 더 빨리 재생된다. 그래서 나는 소독보다 기다림을 선택하기로 했다. 분명 시간이 해결해주는 부분도 있을 테니까.

그들의 꿈은…

엄마의 이야기

희망가게를 하기 전에 꿈을 하나 꾸었다. 그때 나는 신용불량 상태였기 때문에 자립할 기회가 주어진다는 것은 꿈도 꾸지 못할 일이었다. 이 사회에서 신용불량자는 온몸으로 냉대와 불신을 견뎌야 하기 때문이다. 기회라는 것은 생각하기조차 힘든 상황이었다. 그저 하루하루 사는 데 급급했는데 희망가게 소식을 듣는 순간, 멀리서 동이 터오는 것 같은 희망이 보였다. 서류를 접수한 뒤 기다리던 중에 꿈을 꿨다. 연락을 받기 하루 전 날이었다. 꿈속에 나타난 친정 엄마는 필요할 때 꺼내 쓰라며 나에게 보험 증서를 건네주셨다. 꿈에서 깨어나서도 '보험 든 것도 없는데 웬 보험증서를 주셨을까?' 하고 의아해했는데 그날 아름다운재단에서 희망가게로 선정되었다는 연락이 왔다. 진짜 보험증서를 받은 것이다!

희망가게는 나에게 정말 보험증서와 같다. 그래서 나는 형편이 나빠져도 실망하지 않고 땀으로, 노력으로, 성실함으로 보험금을 납입하고 있다. 나는 이 보험이 가족의 미래를 보장해줄 거라고 믿는다.

나의 꿈은 여유 있는 마음으로 사는 것이다. 큰돈을 버는 것은 바라지도 않는다. 처음 아름다운재단에서 면접을 볼 때, 심사위원이 희망하는 한 달 수입이 얼마냐고 물으셨을 때도 나는 100만 원이면 충분하다고 했다. 지금도 그 마음은 변함이 없다. 마음이 여유롭다면 그것이 성공이라고 생각하기 때문이다. 또 자식들이 엄마의 마음을 알아주는 것, 그 자체도 나에게는 큰 재산이다.

딸의 이야기

나의 꿈은 일단 지금 하고 있는 법학 공부를 열심히 해서 검사가 된 후, 기반을 조금 쌓은 다음에 국제변호사가 되는 것이다. 예전에 하도 억울한 일을 많이 당해서인지, 어릴 때부터 법을 공부해서 돈 없고 힘 없는 사람들을 대변해주는 사람이 되고 싶다는 생각을 했다. 법도 힘 있는 사람의 편이라는 사실이 정말 억울하고 분했기 때문이다.

소박한 또 하나의 꿈은 전원주택을 지어 엄마와 함께 사는 것이다. 물론 그때쯤이면 나도 결혼을 하겠지만 그래도 엄마하고 같이 살 계획이다. 나는 늘 엄마가 있어야 비로소 완성되는 존재니까.

옷 입는 것만 해도 그렇다. 난 엄마가 없으면 완전히 추레해진다. 내가 결코 따라갈 수 없는 엄마의 센스가 반드시 필요하다!

가장 좋은 선택, 치킨 가게

엄마의 이야기

사람들은 내게, 왜 치킨 가게를 하느냐고 묻는다. 사실 희망가게를 하기 전, 아름다운재단의 컨설팅 전문가와 함께 상권과 지역 조사를 한 후 업종에 대한 의견을 많이 나누었다. 가게 인테리어까지 신경을 써주었기 때문에 정말 든든한 후견인을 둔 느낌이었다. 그렇게 다양한 시장 조사를 통해 치킨 가게를 하기로 결정했다. 주변에서는 걱정을 많이 했지만 난 오히려 자신이 있었다. 과거에 했던 일들이 많은 도움이 될 거라 믿었기 때문이다.

아이들이 유치원 다닐 때 언니와 함께 커피숍을 운영한 적도 있고, 영덕 대게집도 운영했었다. 그리고 중간에 여러 개의 호프집을 운영하는 선배의 호프집 중 하나를 맡아서 관리했던 경험도 있다. 당시에는 그냥 아무 생각 없이 한 일들이었는데 그 경험들이 버릴 것 하나 없이 희망가게를 운영할 때 모두 유용했다.

술을 파는 데 여자 둘이, 그것도 어린 딸이 일해도 괜찮은지 염려하는 사람들도 많지만 우리에게는 전혀 문제가 되지 않는다. 술집이 아니라 치킨 가게기 때문이다. 처음부터 그 점을 분명히 했다. 절대 손님 테이블에 앉지 않는 것이 우리 가게의 원칙이다. 은미는 자기 친구들이 와도 절대 앉지 않는다. 처음 가게를 오픈했을 때 주방에서 일하는 언니가 자꾸 테이블에 가 앉아서 한 달 뒤에 내보냈다. 손님들 중에는 앉아보라고 권하는 사람도 간혹 있지만 그런 분들은 정중하게 돌려보낸다. 그러면서 우리 가게는 술을 마시는 곳이 아니라 치킨을 파는 가게라는 이미지를 심어놓았다.

내가 혼자라는 걸 알 만한 사람은 다 알기 때문에 더욱 조심해야 하고 아이들을 위해서도 이 원칙을 꼭 지키고 있다. 테이블에 앉아서 같이 술을 마시면 단기적으로는 좋을지 몰라도 장기적으로 볼 때 이득이 되지 않는다. 그리고 나중에 메뉴를 바꿔도 '술장사'라는 이미지가 그대로 이어질 수밖에 없기에 이런 원칙은 매우 중요하다.

딸의 이야기

치킨 가게가 뭐 어때서? 난 오히려 배우는 게 많아서 정말 좋다고 생각한다. 솔직히 나는 예전에 종종 성격 안 좋다는 이야기를 들었다. 희망가게를 시작할 때만 해도 내 마음에 들지 않는 손님한테는 얼마나 불친절했는지 모른다. 그때에 비하면 지금은 매우 발전해서 스스로도 놀랄 만큼 상냥해졌다. 그렇게 변할 수 있었던 비결은 불만이 있어도 속으로 말하는 방법을 배웠기 때문이다. 덕분에 냉장고에 말하기, 거울에 말하기, 벽에 말하기 등 사물에 말하는 버릇이 생겼다. 그 방법으로 나의 까칠한 성격은 상당 부분

바뀌었다. 예전에는 내 기분이 가장 우선이었는데 지금은 다른 사람의 기분을 배려할 수 있게 되었다는 점도 크게 달라진 부분 가운데 하나다.

그리고 또 하나, 사람들에 대한 편견도 없어졌다. 처음에는 넥타이 매고 양복 입은 사람은 다 점잖고 예의 바르고 좋은 사람인 줄 알았다. 그런데 겪어보니 오히려 그런 분들이 더 사람을 무시할 때가 많다는 사실을 깨달았다. 반면 옷을 허름하게 입은 분들이 더 착하고 상대방을 더 배려해주시는 상황들을 겪었다. 겉모습만 보고 사람을 판단하는 경우가 많았는데 이제는 보이는 것이 전부가 아님을 몸소 깨달은 것이다. 그러고 보면 경험은 편견을 막을 수 있는 최고의 처방인 듯하다.

손님들 중에는 나를 "아기씨!" 하고 부르는 사람도 있다. 아버지뻘이신 분들이 내가 단순히 아르바이트하는 사람이 아니라 주인아줌마의 딸인 것을 알고는 그렇게 부르는 것이다. 나는 그렇게 불러주는 것이 좋다. 나를 딸처럼 예뻐하고, 엄마를 잘 도와준다고 많이 칭찬해주시는 손님들, 그분들은 나에게 힘을 북돋아주는 고마운 존재다.

이렇게 희망가게를 하면서 '내 가게'에서 열심히 땀 흘린 만큼 돈을 벌고, 세상도 알게 되고, 인정도 받고, 자신도 변하고……. 긍정적으로 변한 것들이 많으니 한없이 고마울 뿐이다.

그저 함께여서 좋은 모녀

엄마의 이야기

은미는 나를 "정!" 하고 부른다. 내 이름의 마지막 글자만 떼어 부르는 것이다. 나는 우리만의 애칭 같아서 듣기 좋다. 그렇게 딸과 친구처럼 지내고 싶은 것이 나의 소박한 소망이다. 사실 한창 친구들과 어울릴 나이에 엄마하고만 지내는 것 같아 걱정스럽기도 하지만 이런 시간도 다 때가 있다고 생각한다. 그래서 우리는 일주일에 서너 번은 시내에 나가 밥도 먹고 테이크아웃 커피도 사 들고 윈도우쇼핑을 다니곤 한다. 지금의 자리에 머물러서는 안 되니까 새로운 사업 아이템도 끊임없이 생각하고 나누면서 행복한 시간을 보낸다.

딸의 이야기

나는 무엇을 하든 그 일에 몰입하는 것을 좋아한다. 몰입하다 보면 그 전까지는 잘 보이지 않던 것들이 보이고, 상상력도 생기기 때문이다. 게다가 일도 즐겁게 할 수 있다. 그런데 요즘 내가 가장 몰입하는 것은 바로 닭이다. 친구들과 만날 때도 거의 닭요리 전문점에만 간다. 가서 새로운 닭요리를 꼭 시식해야 직성이 풀린다. 특이한 소스가 있으면 물어보고 다음에 엄마와 다시 찾아가서 맛을 보곤 한다. 요즘은 입맛이 매우 빨리 바뀌기 때문에 이런 시도들은 꼭 필요하다. 그래서인지 이젠 친구들도 으레 나를

만날 때는 닭요리 전문점에 가는 것을 당연하게 생각한다.

보통 가게를 열기 전에는 엄마와 함께 시내에 나가 이것저것 많이 보면서 미래에 대해 이야기를 나눈다. 실현될 수 있을지는 알 수 없지만 그렇게 자꾸 미래를 그려보는 건 참 신나는 일이다. 시작이 반이라고 하니까 우리는 이미 절반은 성공한 셈이라고 생각한다.

마흔일곱의 엄마와 스물한 살의 딸. 모녀는 닮은 듯 다른 모습이었다. 강한 엄마의 모습 이면에 여린 감성으로 차근차근 속삭이듯 이야기하는 오혜정 씨. 요즘 인기 많은 개그우먼의 웃음을 흉내 내면서도 여전히 콤플렉스 극복을 숙제로 안고 있고, 누구보다 강해지고 싶은 마음에 잔 다르크를 존경한다는 은미. 다른 듯 닮은 모녀의 모습으로 연신 서로를 쥐어박듯이 사랑을 표현하는 그들은 진심으로 서로를 아끼고 고마워하며 보호해주고 있었다.

이 세상에는 세 가지의 금이 있다고 한다. 그중 하나는 부와 돈을 상징하는 '순금'이고, 그다음은 모든 요리에 없어서는 안 될 '소금'이다. 마지막으로는 현재를 뜻하는 '지금'이라고 한다. 이 세 가지 중에서 어느 것이 가장 중요할까.

톨스토이는 "인생에 대한 가장 고귀한 생각은 평범한 일상에서 나타난다. 스쳐 지나가는 사소한 일에서도 깨달음을 얻는 사람만이 작은 의무도 소홀히 하지 않고 그것을 통해 보람을 느낀다"라고 했다.

그녀는 혹독한 과거의 터널을 서서히 빠져나오면서 일상의 '지금'을 소중히 생각하는 평범한 행복을 추구하게 되었다고 한다. 단 100만 원만 벌어도 좋은 이유는 바로 그 때문일 것이다. 가게가 잘 되지 않아 걱정되기도 하고, 도서관을 다니며 더 좋은 아이템을 찾아 나서기도 하고, 아이들과 가게 운영에 대해 이런저런 방향을 의논하기도 하는 하루하루는 미래를 향한 모자이크라고 생각한다. 그저 감사한 것은 가족이 있기에 오늘의 부족함도 내일의 풍성함을 기대하게 하는 선물로 여길 수 있다는 점이다. 그녀에게는 그것이면 충분하다.

그래서 그녀는 하루를 마감할 때마다 아이들에게 말한다. 너희가 있어 참 행복하다고. 그렇게 그녀는 오늘도 사소한 행복을 여왕처럼 누리며 산다.

처음 만났을 때 그녀는 아름다운 얼굴 뒤로 약간 그늘이 있었다. 어쩌면 당연한 그늘인지도 모른다 생각했는데, 이번에 딸과 함께 만난 그녀에게서는 그 그늘이 느껴지지 않았다. 전달 대비 하루 매상이 10만 원이나 올랐다는 호재도 이유겠지만, 엄마를 끔찍이 생각하는 딸과 함께하는 데서 오는 편안함과 든든함 때문일 것이다.

장사를 마치고 들어가면 새벽 2시. 정리하고 잠자리에 드는 시각은 새벽 4~5시라는 이야기를 듣고 쉬는 시간을 빼앗은 듯해 미안하다고 했더니 모녀가 입을 모아 말했다.

"괜찮아요. 저희는 이렇게 자주 나와서 데이트하는 걸요."

요즘 경쟁업체가 매장 수리 중이라 손님이 놀랄 정도로 많아졌다는 그들의 목소리는 다소 흥분되어 있었다. 그러면서도 이내 너무 잘되는 것보다 조금 덜 되더라도 꾸준하면 좋겠다고 몸을 낮추는 엄마와 딸은 뜨거운 계절에도 치열하게 닭과의 전쟁을 치르고 있었다.

섬순치킨 오픈날 !!
사랑하는 울 엄마랑~
07. 4. 5

2000년 8월에 출범한 아름다운재단은 우리 사회에서 바람직한 기부 문화와 나눔 문화를 만들어가는 대표적인 비영리공익재단이다. 아모레퍼시픽의 창업자 서성환 회장의 뜻에 따라 2003년 6월에 공익 기금을 조성하여 아름다운재단에 기부했다. 이것이 바로 '아름다운세상기금'으로 모자 가정 자립 지원을 위한 희망가게의 첫출발이다.

　아이들을 데리고 혼자 살아야 하는 어머니를 '여성가장(싱글 마더)'이라 부르고, 그런 가정을 '모자 가정'이라 이른다. 경제적으로 취약한 가정 중 미성년 자녀가 있는 경우, 여성가장은 고정적인 수입원을 갖는 것이 매우 중요하다. 하지만 대부분의 일자리는 식당, 가사 도우미, 일일 노동, 노점상 등 일용직이나 임시 고용직이기 때문에 이러한 불안정한 생활은 자녀들에게 충분한 교육, 안전한 주거, 심리적 안정 등을 제공하지 못하고 가난을 대물림하곤 한다. 아름다운재단은 '아름다운세상기금'을 통해 경제적인 어려움 속에서도 자녀 양육에 대한 책임감을 다하며 성실하게 살아가는 여성가장들의 자활을 돕기 위해 지원하고 있다. 일시적으로 생계비를 도와주는 것이 아니라 창업을 통해 작지만 자신만의 가게 사장으로, 건강한 사회인으로 생활하면서 자녀들에게는 꿈을 주고 건강한 가정으로 성장할 수 있도록 돕는 것이 목적이다.

이를 위해 창업 자금을 최대 4천만 원까지 빌려준다. 방식은 소액 무보증 대출, 이른바 마이크로 크레딧(microcredit)이다. 희망가게 창업주들은 아무 담보 없이 빌린 창업자금을 창업 후 5년에 걸쳐 분할 반환하고 있고, 이자는 나눔을 실천한다는 상징적 의미로 2%만 받는다. 또한 돈만 빌려주는 것이 아니라 창업과 업종 관련 전문가들이 사업 타당성 분석부터 상권 개발, 입지 분석, 마케팅 등 창업 전 사전 관리와 창업 후 사후 관리까지 희망가게 운영 전반에 컨설팅을 제공한다. 이런 과정을 통해 대출금을 반환하고, 그 돈은 또 다른 모자 가정 어머니들의 창업을 지원하는 데 쓰인다.

2004년 7월 찌개 전문점인 '찌개풍경'이 서울에 문을 연 것을 시작으로 현재 희망가게는 50호점 개점을 맞이하였다. 그동안 희망가게는 많은 시행착오를 겪으면서 성공과 실패를 경험했다. 하지만 어떤 경험이든 앞으로 희망가게의 미래에 좋은 지도가 되어줄 것이라 굳게 믿는다. 삶을 행복하고 건강하게 꾸려나가고자 하는 의지가 있는 여성가장이라면 누구에게나 문이 열려 있다.

※ 자세한 사항은 홈페이지(www.hopestore.org)나 전화(02-3675-1240)로 문의

희망가게를 일구어가는 사람들

오케이워시 사장님과 인터뷰 약속이 있는 날이었다. 사업적으로 의논할 일이 있다고 해서 한 시간 일찍 만난 사장님과 간사님이 나를 기다리고 있었다. 인사를 나눈 뒤 다른 일이 있어 자리를 뜨는 간사님 손에 보자기로 싼 큰 통 두 개가 들려 있었다. 호기심이 발동해 무엇이냐고 물으니 사장님이 담가주신 김치라고 했다. 김치? 순간 신선한 충격을 받은 내 옆에서 사장님이 쑥스러운 듯 이야기하셨다.

"늘 고마운 마음이 있었는데 이렇게 챙겨줄 기회가 별로 없어서요. 오늘 마침 여유 있게 만나는 거라 아침부터 부지런을 좀 떨었죠."

음식을 나누는 것은 서로 정을 나누는 것이다. 그때 나는 희망가게가 단순히 사업만이 아닌 마음으로 연결되어 이루어지는 사업이라는 것에서 희망을 보았다. 작가의 일차원적 감상일 수도 있으나 그들의 마음이 그대로 느껴져 자세한 이야기를 나눠보기로 했다. 다양한 창업주, 여성가장들과 함께하는 이들에게 직접 듣는 희망가게 이야기다.

지금까지 매장 운영의 성공률은 어느 정도 되나요?

배현주 간사(이하 배) : 보통 마이크로 크레딧 사업은 저소득 계층의 경제적 자립을 목적으로 하기 때문에 각 매장의 영업 매출만으로 성공을 판단하지는 않습니다. 저희는 스스로에게 물어보지요. 희망가게를 운영하여 얻은 영업 이익으로 여성가장의 고된 삶이 조금이라도 나아졌는가? 그 가정의 미래 계획이 구체적인가? 아이들은 그 안에 이웃이 있는가? 그런 질문을 하면서 여전히 성공과 실패 속에서 시행착오를 겪는 중입니다.

이제 50호점 오픈을 맞이하였는데 희망가게 일을 하시면서 가장 큰 보람을 느낄 때는 언제인가요?

배 : 창업주들이 계획한 일들이 착착 진행되는 모습을 볼 때 가장 큰 보람을 느낍니다. 손익 분기점 달성, 주거 이전, 아이들의 진학, 상환 완료, 사업 안정화 단계 진입 등도 반가운 일들이죠. 요즘 같은 시대에 창업으로 다 대박이 나나요? 절대 아니죠. 소박하게나마 희망가게 사장님들이 자기 먹을거리, 살거리를 남에게 손 벌리지 않고 스스로 해결하는 것이 우리가 지원하는 창업 모델인 것 같습니다.

이선아 간사(이하 이) : 어느 달에 상환을 못한 분이 있으면 '무슨 일이 있으신가? 몸이 아프신가?' 싶어 전화를 해보는데, 그럴 때 먼저 "간사님, 걱정 많이 하셨죠?" 하면서 미안해하시고 다음 달엔 괜찮아질 거라면서 오히려 저희 마음을 다독여주시는 분이 있으세요. 행여

상환 독촉 전화로 받지 않고 그렇게 염려하는 마음을 알아주시면 정말 고맙죠. 또 자신도 어려운 처지면서 이웃까지 돌아보는 어머니들을 보면 숙연해져요. 명절 때 독거 할머니들이 모여 사시는 시설에 선물을 보내신 창업주 어머니도 계시고, 자신의 자녀뿐만 아니라 시설 아동을 위탁받아 양육하는 분도 계세요. 이렇게 작더라도 자신의 것을 나누는 모습을 보면 그분들이 이제 사회에 보탬이 되는 한 구성원으로 세워지는 것 같아 보람을 느껴요.

희망가게의 제품 혹은 서비스에 대한 평가도 신경이 많이 쓰이시죠?

이 : 희망가게 중에서 출판 디자인을 하시는 사장님이 계세요. 그분이 희망가게 관련 포스터 작업을 맡아서 하시는데 그 외에 아름다운재단의 다른 사업을 맡아서 하신 적이 있어요. 그런 경우에 그분의 작업이 어떤 평가를 받을지 내심 많이 걱정되는데 다행히 첫 작품이 대성공을 했어요. 그렇게 좋은 평가를 받으면 제 일인 것처럼 마냥 기쁘고 뿌듯하죠. 사실 아름다운재단처럼 깐깐한 고객이 없거든요. 안다고 팔아주는 것에는 한계가 있잖아요. 행사가 있어 희망가게에서 음식을 주문하는 경우도 헌신적으로 잘해주시고 밝은 모습으로 접대해주시면 정말 고마워요. 어머니들이 칭찬받으면 저희의 보람도 훨씬 커지는 거죠.

그러면 반대로 언제 가장 어려움을 느끼시나요?

이 : 절박한 마음으로 신청을 해서 대출받은 뒤, 가게까지 잘 차리고

나서 마음이 바뀌시는 분들이 있어요. 가게 운영이 잘되지 않거나 자녀 문제로 어려움을 겪을 때 무기력해지는 어머니들도 있고, 저희의 안부 전화조차 부담스러워하시는 분들을 보면 안타깝기도 하고요. 어떻게든 도와드리고 싶은데 마음을 닫고 본인 스스로 해결하려는 의지가 없다면 백약도 무효예요.

어떤 분들을 볼 때 제일 도와주고 싶은 마음이 드세요?

이 : 오케이워시 사장님 같은 경우에는 희망가게라는 컨셉을 내세우고 싶어 하셨는데 희망가게 사업을 설명하기가 힘들다고 요청을 하셨어요. 저희와 사장님이 함께 고객에게 사업 취지와 창업주의 성실함이 주는 경쟁력을 설명드리고 세차 사업장을 받을 수 있었지요. 아무래도 그분처럼 적극적인 분들을 보면 더 많이 도와드리고 싶습니다.

배 : 창업주 스스로 도전하고 돌파해야겠다는 의지가 강해서 열심히 준비할 때 저희가 도와드리는 것이 의미가 있습니다. 그래야 사업체가 잘 유지될 수 있지요. '자활'이라는 것은 스스로 빈곤에서 벗어나려는 의지와 노력으로 경제적인 면에서 자립할 때 '자활'이라고 하죠. 로또에 당첨되었을 때 자활이라고 하지는 않으니까요. 희망가게 창업 여성가장들처럼 자기 스스로 가난에서 벗어나고자 했기 때문에 기금을 받을 수 있고, 기금을 받아 사업을 꾸려나가기 때문에 경제적으로 돈이 모이는 것이고, 그런 과정에서 마음과 삶에 대한 자세가 바뀌는 것이에요. 그렇게 동시에 변화되어가는 과정이 진정한 자활이라고 생각합니다.

가장 많이 변화한 희망가게가 있다면 어디인가요?

이 : 미용실을 운영한 분이에요. 그분을 처음 만났을 때 담보도 없고 하니까 그냥 한번 빌려서 창업을 해볼까 하는 분 같았어요. 그런데 겪어보니 성격이 아주 분명한 분이셨지요. 사업도 잘되어서 상환도 꼬박꼬박 하시고 권리금 받아서 이전도 하게 되었죠. 저는 평소에 그분이 아름다운재단을 돈 빌려주는 은행으로만 생각하지 않고 자신이 가진 걸 나눴으면 좋겠다는 아쉬움을 갖고 있었어요. 마음의 소통까지는 기대할 수 없었던 분인데 우연히 캠프 때 만나서 속 깊은 이야기를 나눌 기회가 있었어요. 그분이 야간에 대학교를 다니면서 한약재를 이용한 두피 건강 관리에 대한 논문까지 쓰셨다고 하더라고요. 희망가게를 하면서 돈을 모았고, 큰 가게로 옮길 수도 있었다고 말씀하셨어요. 희망가게에서 아무것도 없는 자기에게 돈을 빌려주지 않았다면 공부도 못 하고, 자신의 미용실도 가질 수 없었을 거라면서 진심으로 고마움을 표현하셨어요. "내 인생이 한 단계 도약하는 데 희망가게가 중요한 디딤돌이 되어주었어요. 정말 고맙습니다"라고 하시는데 그 자리에 있던 사람들이 모두 감동했죠. 지금 상환 완료 후 이전한 매장을 운영하시면서 희망가게 미용 기술 심사위원으로 활동하고 계십니다.

모든 대출금이 다 나름의 의미가 있겠지만, 정말 지원하기를 잘했다고 생각하는 경우도 있을 것 같은데요?

배 : 현재 도시락 배달점을 하시는 사장님이나 홍삼 제조 판매점을 하

시는 사장님은 꼭 아름다운재단의 도움이 아니었더라도 자활하셨을 거예요. 그분들은 종업원 급여 150만 원의 월급을 받으면서도 사장처럼 가게를 운영해주셨어요. 매장 운영의 실세이신 거죠. 창업 투자금만 빌려드리면 가게를 인수할 수 있거든요. 사장님들도 흔쾌히 "그래, 이제 자네가 한번 운영해봐" 하고 인계하셨죠. 그동안 자기 가게처럼 운영해준 실력 때문에 가능한 일이에요. 결국 저희에게 대출을 받아 가게를 오픈했는데 기대를 저버리지 않고 잘 운영하고 계세요. 그분들은 은행에서 대출을 받을 수 없고, 담보로 내놓을 것도 없으니까 큰돈을 구할 수가 없잖아요. 그런 분들에게는 '3~4천만 원이 참 잘 쓰였구나' 하는 생각이 들어요. 성실한 삶의 경영 원칙을 지킨 결과로 정당한 대가를 받아 가신다는 생각이 들죠.

이 사업을 담당하면서 성공의 조건이라고 여겨지는 부분이 있다면 무엇일까요?

배 : 누가 사업을 하느냐인 것 같아요. 어디에서 어떤 업종으로 창업하느냐도 중요하지만, 주어진 상황에서 희망가게 사장님이 어떻게 운영하느냐가 가장 중요한 부분이죠. 우리가 매장으로 들어갔을 때 사장님들의 마인드를 보면 '저러니까 잘되는구나' 하는 생각이 절로 들어요. 결국에는 다 사람 문제라고 할 수 있죠.

이 : 절대적인 조건을 무시할 수는 없지만 처음에는 다 비슷비슷하게 출발해요. 그런데 자기를 속이지 않고 약속을 지키는 사장님이 있잖아요. 반면 힘들다고 그냥 하루 문 닫는 일을 쉽게 하는 사장님도 있

어요. 결국 근면 성실하고, 약속 잘 지키는 기본적인 자세부터 갖추지 않으면 힘들어요.

희망가게의 희망은 뭐라고 생각하세요?

배 : 원래 저희 사업이 여성가장들을 위한 것이잖아요. 엄마가 건강하게 자기 자리를 지켜주면 가정이 건강하게 설 수밖에 없어요. 방황하고 자기 계획이 없던 아이들도 엄마가 새벽마다 같은 시간에 일어나 하루를 준비하고 하루 종일 열심히 땀 흘리며 일하는 모습을 지켜보면 변하지 않을 수가 없거든요. 아이들을 철들게 하는 건 엄마가 열심히 살아가는 삶의 태도이죠. '정신 차리고 공부해라, 대학 가라'고 잔소리하는 백 마디 말보다 그런 모습을 보여주는 것이 자녀 스스로 삶에 대해 계획을 세우게 하고 건강한 에너지를 자연스럽게 만든다고 봐요. 사업을 유지해가는 과정은 누구에게나 마찬가지예요. 잘될 수도 있고, 실패할 수도 있지요. 모든 우여곡절을 헤쳐 나가는 것이 결국 인생이니까요. 수치로 보는 사업 성과 뒤에 얻을 수 있는 이러한 사업의 가치는 더 큰 희망입니다.

그것이 희망가게의 목표라고도 할 수 있겠군요.

이 : 그렇죠. 여성가장을 성공시킴으로써 가정을 안정시키는 게 사회적 파급 효과가 크기 때문에 여성가장을 사업 대상으로 선정한 이유도 있어요. 그래서 가게에 속해 있는 가족이 잘 살아가는 데에 큰 의미가 있습니다.

희망가게를 준비하는 분들께 하고 싶은 말이 있으면 해주세요.

이 : 처음 시작할 때는 누구나 성실할 수 있어요. 그런데 기대한 것만큼 결과가 바로 나오지 않을 때 어떻게 대처하느냐가 중요한 것 같아요. 안 될 때 나오는 반응이 다르거든요. "안 될 수도 있죠. 하지만 잘 될 거예요" 하는 분들이 있는가 하면 크게 아프시는 분들도 있어요. 그 상황은 충분히 이해하지만 안 된다고 찡그리고 있어봤자 해결되지는 않잖아요. 결국에는 특별한 기술이 아니라 '성실함과 꾸준함'이 중요하죠. 그래서 창업할 때 컨설턴트들은 "당신은 오늘도 무대에 서야 합니다"라고 말해요. 사업장이 연극 무대고 사장은 배우라고 생각하라고요. 집에서는 아무리 힘들어도 밖에서는 웃으면서 손님을 대하라는 뜻이죠. 그걸 잘 하면 성공하지 않나 싶어요.

이런 이야기가 어디 창업주에게만 해당할까. 희망가게 간사들도 그 누구보다 자신의 역할을 즐기며 열심히 하는 배우다. 창업주가 희망가게를 성공의 발판으로 삼아 더 크게 날아갈 수 있도록 응원하는 치어리더 역할을 기꺼이 수행하고 있기 때문이다.

그들의 응원은 무언가 특별하다. 창업주 어머니를 안아드리는 그들의 품에서, 김치를 건네받는 그들의 손에서, 상환이 늦어져도 상대를 배려하며 이야기하는 그들의 입에서, 돈을 못 갚는 것보다 무슨 일이 있는지 염려하는 그들의 마음에서, 도움을 요청하면 먼 길도 마다 않고 달려가는 그들의 발걸음에서 그 응원은 희망으로 변하고 있다.

희망가게 창업주들이 이야기하는

희망이란?

내 마음 깊숙이 흐르는 강이다.
나는 그 강물에 물고기를 키우고
그 곁에는 꽃과 나무를 기른다.

우리가 살아가는 이유?
나를 존재하게 하는 힘이다!

풍선만으로 하늘을 날 수 있을 것 같은
일상의 두근거림!

막연히 기다리지 않고
내일을 위한 씨앗을 뿌리는 것!

나를 움직이고
세상을 움직이게 하는 힘!

있다고 믿으면
내 앞에 나타나는 것.

내가 가진 것의 전부,
마음껏 가질 수 있는
유일한 것!

아무도 보지 못한
나만의 가능성을 믿고
최선을 다하는 그 자체!

삶의 고비를 겪을 때
포기하지 말고 계속 가라고
어깨를 토닥여주는 호르몬!

밑바닥까지 곤두박질쳤을 때
다시 일어서게 만드는 저력!

한치 앞도 보이지 않는
어둠 속에서
빛을 찾을 용기를 주는 것!